我的超級阿嬤

李國豪家裡三代同堂，可是阿嬤卻堅持一個人住在由倉庫改裝的小屋。
屋子裡經常傳出老唱片的聲音，他很好奇，鄰居們更是覺得奇怪。
有天，阿嬤突然昏迷不醒，情況很不樂觀。
此時，一位神秘人物出現在李國豪家附近，
李國豪本來以為是小偷，結果發現他居然是……

張文慧◎著
Lin Chuie◎封面設計

人物設定：

李國豪　漳河國小六年級學生　12歲　男

喜愛漫畫，四肢發達、頭腦簡單，一心想要當漫畫家的小男生。

許邵珍　漳河國小六年級學生　12歲　女

四年級就參與學校科展，是全校矚目的資優生小女生。她從小就被教育「萬般皆下品，唯有讀書高」，對於鄰居小孩李國豪看漫畫，不愛唸書感到不可理喻。然而，心底卻偷偷想要看卡通與漫畫。

林堅慈（阿嬤）　擁有一雙巧手的阿嬤　60歲　女

李國豪的阿嬤，她住在院子倉庫改建的獨立一層樓建築內，裡頭經常傳出老唱片的聲音，是孫兒與鄰居們眼中神祕的老太太。

林崇光　高飛大學平面設計系大四學生　22歲　男

喜愛各種繪畫、平面設計的設計系學生，目前苦於想不出畢業製作的點子，過著糜爛又煩惱的生活。

余軒亦　跳跳漫畫週刊編輯　28歲　男

對編輯沒有太多興趣，卻因為找不到其他工作，只能被現實生活所壓迫，苟且度日的年輕人。

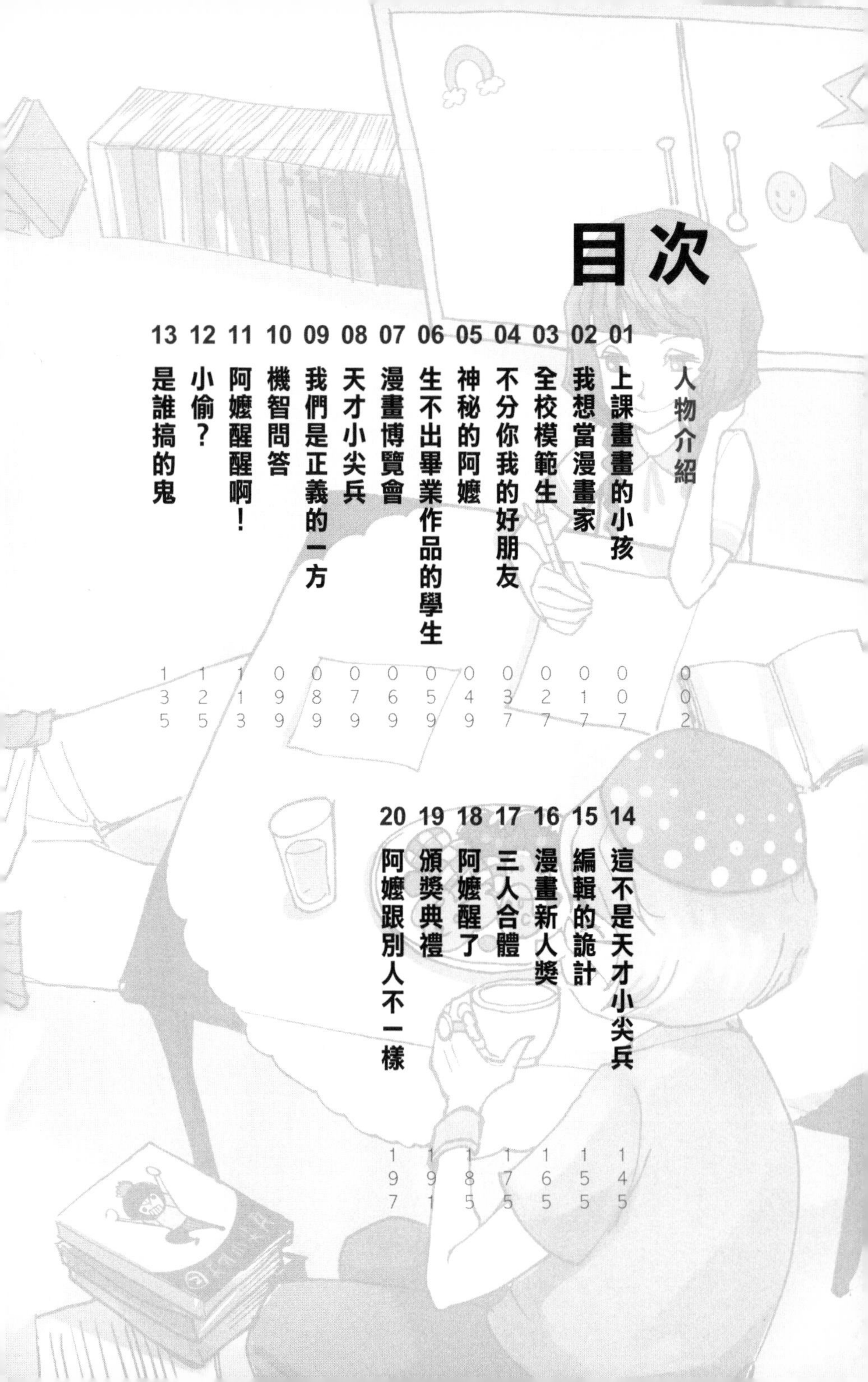

目次

01。上課畫畫的小孩

自從政府開始宣導國小學生要開始讀經以來，台灣各個國民小學無不拿出一百二十分的力氣，大力推廣讀經的重要。小學低年級開始讀《三字經》、《千字文》，然後從中年級開始讀四書：《論語》、《孟子》、《中庸》、《大學》。政府的立意雖良善，但實行者卻不見得如政府那些提倡讀經的學者所想。

政策到了學校，引起學校間對於讀經的另外一套解讀。家長唯恐自己的孩子不能贏在起跑點上，開始想方設法的希望增加讀經的效率。隔壁國小一年級的孩子一年才讀完一本《三字經》，便希望自己孩子就讀的國小能夠一年級上學期便將一年份的《三字經》讀完，好讓孩子能夠更早進入下一本經書。

讀經是孩子在讀，急著要求進度的卻是家長。

漳河國小響應政府讀經的運動已有幾年時間，校內每到早自習時間，便傳來朗朗讀經聲。

位於行政大樓對面三樓與四樓，一共十二個班級的六年級教室，這個禮拜為補充《莊子》中莊子極為不欣賞的人物——惠施，負責第一次段考的張恤光老師特別

從《莊子》中擷取關於莊子與惠施兩人的故事，要求六年級各班導師協助孩子們閱讀該篇章，並且「偷偷暗示」這個故事「極有可能」會出現在第一次段考的閱讀測驗中。

導師們都知道張恤光老師如此好心提醒，為的也是六年級孩子們第一次段考的國語成績。閱讀測驗通常佔二十分，如果孩子們事先知道閱讀測驗的內容，幾乎篤定能拿到這二十分。學生成績好，老師也就能夠少受一點怪獸家長的砲轟。於是老師彼此之間都有默契，為了大家的飯碗，輪流負責段考題目的老師，便會用類似的方法讓老師們能夠拉拉學生們的分數。

六年一班的學生們隨著張恤光老師，朗讀著《莊子》中的篇章：「莊子與惠子遊於濠梁之上。莊子曰：『儵魚出游從容，是魚之樂也。』惠子曰：『子非魚，安知魚之樂？』莊子曰：『子非我，安知我不知魚之樂？』惠子曰：『我非子，固不知子矣；子固非魚也，子之不知魚之樂全矣！』莊子曰：『請循其本。子曰：「汝安知魚樂？」云者，既已知吾知之而問我，我知之濠上也。』」

朗讀完一遍後，張恤光老師解釋說：「這篇文章是在講莊子和惠施他們兩個人出去玩，兩個人走到一座橋上，然後他們看到橋底下有魚。於是莊子說：『魚悠遊自得的樣子，看起來好快樂喔！』可是惠施聽完莊子說的話，就對莊子說：『你又不是魚，怎麼會知道魚的快樂？』同學們，你們說莊子和惠施，誰講的對啊？」

張恤光老師解釋到一半，突然問起全班同學莊子與惠施故事中，兩個人到底誰說的有理。

坐在第一排，最喜歡發言的劉哲育，這時候舉手說：「老師、老師，我知道。」

張恤光老師原本不想點劉哲育，因為劉哲育雖然都會主動舉手，可是他經常不知道答案就亂舉手，反而擾亂了班上學習的秩序。可是張恤光老師看了半天，沒有其他同學舉手，只好點劉哲育起來說：「你說看看。」

「莊子講的對。」劉哲育信心滿滿的說。

「你怎麼知道？」張恤光老師問劉哲育說。

「因為這本書叫《莊子》，當然莊子講的對啊！」

張恤光老師心裡暗罵劉哲育：「胡扯！」可是又不能真的罵孩子，只好對劉哲育笑笑說：「確實莊子說的對，但理由不是你說的那樣。」他看著其他學生，又問說：「還有人知道誰說的對？又為什麼說的對？」

張恤光老師的視線，有目的的瞥向坐在第四排靠走廊，小四的時候當過班級模範生，入學測驗排名全年級前十名的許邵珍。許邵珍比其他女生高半個頭，將近一百六十公分，瘦長的身材，綁著兩條小辮子，老是喜歡坐在位子上看書。但她五年級開始就在看國中一年級的課本，所以老師們基本上也不怎麼打擾她一個人用功，畢竟她的程度早就超過一般小學生。

可是張恤光老師碰到班上同學都不回答問題的時候，就會把關愛的眼神投向許邵珍，因為就算班上其他三十五位孩子不知道答案，至少許邵珍總是能夠給予一個正確的解答，同時化解老師尷尬。

許邵珍早就意識到老師會叫她，張恤光老師才對她開口說：「邵珍，妳知道答案嗎？」話才剛說完，許邵珍就從位子上站起來，對全班同學說：「我認為莊子說的對，就如同課文中所說的，惠施說莊子不是魚，不可能知道魚在想什麼，所以也不可能知道魚快不快樂。但莊子告訴惠施，『你也不是我，所以你也不可能知道我在想什麼，所以你更不可能知道我知不知道魚快不快樂。』」

聽到這裡，班上孩子們都被「快不快樂」和「知不知道」兩句話回過來，又回過去的辯論弄得頭昏眼花，大家都搞不清楚許邵珍和老師之間的對話究竟在賣什麼膏藥。只覺得許邵珍好厲害，能夠看懂文言文，而且可以輕輕鬆鬆回答老師問題。

「最後一段呢？」張恤光老師接著問許邵珍說。

許邵珍連想都不用想，說：「最後一段只是莊子更進一步將惠施的話中邏輯，轉成對自己有利的解釋。莊子跟惠施說：『當你問我怎麼知道魚快樂時，等於告訴我，你已經知道我知道魚的快樂了。』所以你能夠知道這件事，等於同意我知道魚快樂這件事。」

張恤光忍不住拍拍手，請許邵珍坐下，然後對其他學生說：「邵珍回答得很

棒，大家都弄懂了嗎？」

其他同學你望望我，我望望你，其實大家都不懂，但他們可不想變成張恤光老師眼中的惠施，紛紛應和老師，說：「懂了、懂了。」

然而，有一個男同學沒有回答老師的問題，因為他的心根本不在教室。

坐在教室最後一排，靠在窗邊，他身後一公尺半放著教室的垃圾桶和資源回收桶。

長得頗為斯文，身高也是全班最高的李國豪，總是班上頭垂得最低的人。他不是謙虛，而是因為他老是在上課的時候做自己愛做的事。

他右手不斷在空白的數學作業簿上揮舞，左手拿著尺，和右手的筆很順暢的左右運動。

張恤光老師瞪著李國豪，不禁皺眉，心想：「這小子又開始了。」

「李國豪！李國豪！」張恤光老師頗不高興的叫喚李國豪的名字，尤其第二次叫他時，還特別提高聲調。

但是李國豪還是沒有聽見，直到坐在他左手邊的女同學宋秀涵輕輕搖了一下他的左手，說：「國豪，老師叫你。」

李國豪的左手本來拿著尺，要畫出一條線，被宋秀涵一推，線一下子畫歪了，他不高興的轉頭對宋秀涵說：「秀涵，妳幹嘛推我的手啦！」

「笨蛋！老師叫你，你都沒聽到。」宋秀涵對李國豪急著說。

李國豪這才知道老師又發現自己沒聽課，頭垂得更低了。

張恤光老師一拍桌子，對李國豪說：「李國豪，給我站起來。」

李國豪一百七十一公分的個子站在教室，比其他小學生都至少高出一個頭。但是他有點駝背，顯然對自己沒有什麼信心，對老師也很敬畏。

「你不聽課在幹嘛？」張恤光老師問李國豪說。

「沒……沒幹嘛。」李國豪說話說得很小聲。

「大聲點！」張恤光老師不高興的扯著嗓子說。

「我……我……」李國豪低頭不語，坐在他前面，吃得胖胖的許小寶趁機告狀，回頭抓起李國豪的數學作業簿，對老師說：「老師，李國豪又在畫漫畫了啦！」

「還給我！」李國豪不想讓自己畫的漫畫被其他人看到，趕緊往前想把漫畫搶回來。

許小寶不給李國豪機會，雙手往前伸長，說什麼就是不把漫畫還給他。

李國豪著急起來，整個人撲在許小寶身上。

許小寶被李國豪壓住，放聲尖叫：「哎唷！壓死我了。」

同學們見到李國豪壓在許小寶身上，就像一根細長的熱狗壓在一塊肥滋滋的焢肉上，都忍不住哈哈大笑：「哈哈哈，這是什麼食物！好像我們家昨天晚上的晚餐喔！」「哈哈，李國豪你在幹嘛？哈哈，你們是想要變成大亨堡嗎？」「……」

張恤光老師看班上秩序大亂，從講台底下抽出鎮壓班級秩序的藤條，用力朝黑板上一拍。

「啪！」

藤條清脆的響聲，讓全班頓時安靜下來。

張恤光老師對李國豪，面色鐵青的說：「很會畫嘛！你不好好聽課，給我畫什麼漫畫！數學作業簿是拿來算術寫作業的，你給我拿來畫漫畫！畫漫畫有前途嗎？你以後是想在公司裡頭上班吹冷氣，還是想去淡水碼頭曬太陽，幫人家畫肖像畫？你自己好好想清楚！現在，你給我拿著作業簿去外頭罰站！」

李國豪小聲嘀咕著，他對自己的未來有夢想，可是自己的夢想卻沒有被祝福。

全班同學看著李國豪手拿著數學作業簿，一個人走到走廊上，把數學筆記簿放在頭上罰站，大家被老師剛才這麼一罵，想笑都不敢笑。

許邵珍看著站在走廊上的李國豪，忍不住搖頭，輕聲說：「傻瓜。」

李國豪聽到身後許邵珍說的話，回頭看了她一眼。

「好了，我們繼續上課。」張恤光老師想拉回上課進度，這時校園響起「噹噹噹噹……噹噹噹噹……」的早自習結束鈴聲。張恤光老師只好無奈的闔上課本，讓班長帶著全班同學去走廊排隊，準備去操場升旗，展開新的一天。

02. 我想當漫畫家

漳河國小的升旗典禮開始了，潘阿惠校長在司令台上說得口沫橫飛，老師們聽得肅然起敬，但孩子們卻各個頂著大太陽，在烈日當空下汗流浹背，大家只想趕快結束升旗，早點回去教室休息。

可是校長自以為是演講比賽選手，滔滔不絕，每次總要說上至少十五分鐘，否則絕不罷休。

李國豪頭上頂著漫畫，站在走廊上罰站，反倒因禍得福，他不用跟著其他人下去升旗，雖然三樓的其他五班的六年級同學經過樓梯口，經過一班教室外都會看到李國豪的醜態，但至少他省去大太陽底下聆聽潘阿惠校長嘮叨的痛苦。

從三樓望下去，李國豪看著全校兩千多位師生，像是演唱會的聽眾，在聆聽一個講話像哆拉A夢裡頭胖虎唱歌般難聽的校長說話，他真不明白大家怎麼可以忍受這樣一個自以為是的大人那麼久。

從小學一年級到六年級，他仔細算過，如果每天校長少說五分鐘，一年就能多出至少十個鐘頭的時間從事其他更有意義的事。

想著想著，李國豪的心思又開始神遊太虛。

李國豪最關心的不是課業，而是他的漫畫劇情。

他在構思一個故事，一個受到漫畫《七龍珠》和《獵人》啟發的冒險故事。

故事裡頭有一個叫做洛克的少年，洛克從小沒有父母，可是洛克有超能力，能夠看透周遭每個人的心思，而透過這個能力，他到處流浪，一邊打擊壞人，一邊尋找自己的親生父母。

每次想到精彩處，李國豪會忍不住激動，並開始自言自語起來。

「洛克揮出一拳，剛好打在蜘蛛怪的頭上。蜘蛛怪痛得『吱吱吱吱』大叫，於是蜘蛛怪朝洛克吐出蜘蛛絲。洛克往左邊一躍，爬上摩天大樓的牆壁，蜘蛛怪仍不放過他，跟著他爬上去……」

「哇啊！洛克一個閃電飛踢，踢在蜘蛛怪的胸口……」

李國豪一個人唸著構想好的劇情和台詞，然後越來越投入在自己的世界，跟著便忍不住手舞足蹈，好像自己成了漫畫男主角，正在和怪物打鬥。

在學校服務超過二十年，五十幾歲的工友先生一手拎著垃圾袋，一手拿著鐵夾子巡視走廊上的垃圾，經過六年級三樓教室，見到李國豪一個人在那邊演獨角戲，對他說：「你在做什麼？」

李國豪發現自己投入的樣子被其他人看到，整張臉羞紅起來，很不好意思的繼續罰站，對工友先生說：「沒有啦！」

工友早就不是第一次看到李國豪罰站了，笑說：「你又被老師罰站囉？」

「對啦！」李國豪懶得跟工友解釋，羞愧的撇過頭，對工友說。

工友倒也不生氣，不覺得李國豪這樣很沒禮貌，說：「我看你剛剛一個人在那邊演得很開心，你是在學哪齣偶像劇的男主角嗎？金城伍？還是言承旭？」

「都不是啦！我……我在想漫畫劇情。」

「漫畫？」工友好奇的說，他這才注意到李國豪罰站的時候，雙手拿著一本簿子。

「可以借我看嗎？」

「啥？」李國豪喜歡畫漫畫，可是沒有人會看他的漫畫，他本來不想跟工友多說什麼，但現在聽到工友表示想要看他的漫畫，他不禁有點興奮。

「真的嗎？可是我畫得不怎麼樣喔！」倒也不是李國豪謙虛，他對自己畫的內容沒有多大信心，可是他真心希望有人願意看他的作品。

「沒關係啦！以前我小時候看的漫畫，從現代的角度看也很粗糙，但是粗糙歸粗糙，好的故事還是很能讓人感動。我小時候看《諸葛四郎》，還有什麼《大嬸婆》之類的，你有看過嗎？」

「沒有，那好看嗎？」李國豪搖搖頭說。

「當然好看啊！那可是台灣本土經典的漫畫，代表台灣本土的精神。」

李國豪跟其他大多數孩子一樣，漫畫幾乎都是看日本的，不然就是歐美的，對台灣本土的漫畫不是很清楚。當然，對於工友說的那些年代久遠的作品，就更加沒聽過了。

「《老夫子》算嗎？」李國豪突然想起家中有幾本破舊的四格漫畫，對工友

說。

那些漫畫是李國豪爸爸的，放在爸爸的書房裡，他幾年前偶然在爸爸的書架上看到，翻開看了幾本，本來覺得畫技不怎麼樣，而且也不像日本漫畫有打鬥畫面和漂亮的彩色扉頁，可是看到後來越看越好看。《老夫子》的故事簡單，可是很有趣，沒多久李國豪就把爸爸書房裡頭十幾本《老夫子》全部看完。

「算你這個小孩子有點品味，《老夫子》確實好看。」

十二歲的孩子和五十幾歲的工友，兩個人聊起漫畫，都忘了彼此之間的身份與年齡差距，打開話匣子，彷彿兩個人是認識多年的好友。

聊著聊著，潘阿惠校長終於結束冗長的演說。司儀不囉唆，立刻宣佈升旗典禮結束。孩子們和老師都鬆了一口氣，大家當場解散，慢慢往教室移動。

眼見升旗典禮結束，工友先生對李國豪說：「我要去忙了，有空再聊。」

「好！」李國豪在學校好不容易找到一位可以聊漫畫的知己，很開心的跟工友道別。

因為校長升旗佔用太多時間，第一節課前的下課時間也被佔用了。許邵珍等人走回一班教室，不到三分鐘就要馬上準備上第一節課。

許邵珍走到李國豪面前，對他說：「進去上課吧！」

「可是老師還沒有說我可以進教室。」李國豪嘴巴上這麼說，心底卻不是這麼想。他當然不是傻瓜，等著老師下命令，他只是被老師強迫罰站，心中一肚子火沒地方發，現在許邵珍過來關心，他便遷怒到許邵珍頭上。

許邵珍並不生氣，對李國豪說：「你不進去就算了，我可要進去休息了。」

「欸！妳就這樣不管我囉？」李國豪見許邵珍不理他，對她說。

「你剛剛不是很跩？」

「哎唷！我不是故意的啦！」

「那你下次就不要故意講話這麼囂張。是老師叫你罰站，又不是我叫你罰站。」

碰到許邵珍，李國豪一點辦法也沒有。雖然兩人同年，可是許邵珍總是那麼強

勢，李國豪在她面前就像小弟弟面對大姊姊，只有乖乖聽話的份。

「好，我知道了。」李國豪的火，就這麼被許邵珍三兩句話給澆熄。

「哼！要不是我們從小住在隔壁，我媽媽跟你媽媽是朋友，我才懶得理你。」

「珍珍人最好了，怎麼會不理我呢！」李國豪一個大男生，竟然對比自己個頭小的女生撒嬌起來。

「你講話不要那麼噁心。我的直覺告訴我，你昨天晚上一定又沒有寫數學作業。」

「哈哈，邵珍不愧是模範生，這樣都猜得到。」

「你這個傢伙，一天不畫漫畫會死嗎？拿來寫寫作業不是很好。這樣你回家不會被爸爸唸，在學校不會被老師唸，大家過得開開心心，沒有人會被罰站。還是你其實喜歡被罰站啊？」許邵珍對李國豪眨眨眼說。

「屁咧！我才不喜歡罰站，都是老師他們愛管閒事好不好！」李國豪大聲抗議，跟著又對許邵珍客氣的說：「欸！那個數學作業，等一下下課借我參考一下可以嗎？」

「參考個頭，根本就是要拿去抄吧！」許邵珍故意把「抄作業」幾個字說得有點大聲。

李國豪緊張的伸手想要摀住許邵珍的嘴，說：「妳不要那麼大聲，我只是不想沒有八十分，又被數學老師叫到前面罰跪。哎唷！妳就借我看一下啦！」

「借你可以，但是你必須幫我一個忙。」

「又要幫忙，好啦！幫什麼忙？」

「下禮拜我當值日生，你要幫我擦黑板。」

「擦黑板？簡單！ＯＫ！」李國豪很豪氣的答應許邵珍的條件。

「真的假的？你可不能像上次一樣賴皮哦！」

「不會啦！」李國豪再三保證。

許邵珍挑眉說：「就再信你一次。」

許邵珍跟李國豪，兩個人的父母彼此都認識，而且兩家是鄰居。李國豪與許邵珍從小就是青梅竹馬的好朋友，他們信賴彼此，也知道彼此的喜好。許邵珍一直是大人們眼中的乖寶寶，而李國豪則是父母與老師眼中不愛唸書的頭痛人物。但孩子之間不把那些別人眼中的評價放在友情之前，他們只是單純的信賴彼此，對孩子而言，友誼很簡單，存乎人與人最基本的信任。

03. 全校模範生

升上六年級和過去五個年級最大的不同，就在於小考的次數增加。

熱心的六年級班導師們，很有默契的開始進行更豐富的英語教學。

雖然這一代的孩子不需要參加初中考試，甚至不用參加高中聯考，但是只要大學學測存在一天，老師們就不會忘記要給學生更多學習的機會，家長們就不會忘記要讓孩子們在學測的競爭中獲勝，儘管學測可能是在遙遠的六、七年後。

從六年級開始，早自習讀的經書更難了，而且午休時間，學校的廣播系統會開始播放《大家說英語》的公播ＣＤ。

女孩子們提早開始與英文書為伍，搭公車和捷運的時候都會看到學生抱著單字本在那邊背英文單字。

李國豪則是隨手拿出小本的筆記本，以及那支從小學三年級陪伴他度過漫畫人生的白金牌自動鉛筆。

自動鉛筆裡頭裝著2B筆芯，這是李國豪最喜歡的黑度。他在巴掌大的筆記本上，畫起四格漫畫。

第一次段考，即將在兩個禮拜後登場。

李國豪對段考一點感覺都沒有。他從紅樹林站對面那一排宛如飯店般的大廈後頭的一個高級透天厝社區走出來，慢慢走進捷運站，站在月台，等待開往新店的捷運列車經過。

一輛列車到站，停了下來，李國豪抬頭看了一下電子佈告欄。看看時間還很多，就沒有擠上這輛車，繼續低頭畫漫畫。

許邵珍揹著書包，手上提著便當和媽媽每天特別為她準備，親手現搾的柳丁汁。一進到車站，看到月台最旁邊的長椅上，李國豪坐在那邊畫畫。她走過去，坐在李國豪旁邊。

李國豪沒有理會許邵珍，他其實看到她了，只是不想浪費時間打招呼。許邵珍歪過頭，看著李國豪在畫些什麼。

李國豪正在偷偷瞧著月台對面，往淡水方向的一對高中情侶。

兩個不同學校的高中男女同學，他們含情脈脈的看著對方。男生和女生的雙手若有似無的碰觸著，兩人眼中只有彼此。

李國豪把眼前的景象畫下來，然後加上旁白。

男同學對女同學說：「妳為什麼要一直看著我？」

女同學說：「因為你長得很像史瑞克。」

男同學：「妳不喜歡史瑞克嗎？」

女同學：「我喜歡史瑞克旁邊的驢子。」

簡單的四格漫畫，把情侶之間深情的模樣變成取笑他們的玩笑。

許邵珍看了，輕輕笑了一聲。

李國豪有點得意的說：「我就知道妳會覺得好笑。」

「才不好笑，好無聊。」

「妳剛剛明明笑了，不然是在笑什麼？」

「我不是笑漫畫，我是笑你，笑你這無聊的人。」

「妳老是愛裝大人說話，小心未老先衰。」李國豪作了一個鬼臉，把兩隻眼睛

的下眼瞼用力往下拉，對許邵珍翻白眼說。

「你這笨蛋，第一次段考快到了，還不趕快把握時間唸書。」

「不用了啦！反正臨時抱佛腳又沒有用。」

「誰說的？」

「光緒皇帝。」

「光緒皇帝講過這話？」許邵珍不解的問說。

她中國歷史早就背得滾瓜爛熟，但還真沒聽過光緒皇帝說過這句話。

「妳真的腦袋很死板耶！我指的是張恤光啦！」

原來李國豪幫導師取了一個綽號，他把張恤光的「恤光」兩個字倒過來唸，就成了「光緒」的諧音，然後再加上「皇帝」兩個字，就成了「光緒皇帝」。

「哈哈！」

許邵珍這次真的放聲笑了，說：「阿豪，你如果願意把腦袋花在讀書上，肯定能夠拼到全班前十名，可惜你老是把時間花在想這些有的沒的上。」

「拼到全班前十名有什麼好，跟妳一樣天天都要唸書，國小唸得不夠，連國中的書都拿來唸。自己找自己麻煩，真是神經病。」

許邵珍正想從書包中拿出國中二年級的英文課本，聽到李國豪這麼說，她的手遲疑了一下。

「萬般皆下品，唯有讀書高。這句話你總聽過吧？」

「聽過，但我覺得沒道理。」

「那你不讀書，想要做什麼呢？開垃圾車？」

「我要成為一位漫畫家。」李國豪信誓旦旦的說。

「漫畫家？你知道有多少人小時候有這樣的夢想，長大之後卻通通破滅了嗎？」

「我不知道，但妳知道嗎？妳有算過喔？」

許邵珍被問住了，她從小聽爸爸媽媽和老師說著對於職業貴賤，以及和唸書相關連性的種種耳提面命，但她其實從未質疑過父母和老師他們說過的話。

「老師們有他們的人生經驗，他們活得比我們多十幾二十年，所以知道的比我們多。我想，他們說的話來自於他們的經驗。」

「喔。」李國豪不屑的說。

往新店的捷運又來了一班，這班的人比上一班的乘客少了些，李國豪走進車廂，許邵珍跟了進去。

他們兩個人靠在車門角落，看著一整車都不說話的上班族和學生等通勤族，李國豪繼續畫漫畫，許邵珍則是低頭看她的英文課本。

李國豪剛剛對許邵珍說的話，讓許邵珍開始思考自己過去對於求學生涯的理解是不是有錯誤。

無論遇到什麼問題，許邵珍都習慣求得一個解答，這也是她為什麼能夠老是在功課上名列前茅的原因。從小，她就是個好奇寶寶，並且爸爸媽媽也願意滿足她的種種好奇心。

許邵珍有一位在大學當中國文學教授的爸爸和一位在大學教音樂的媽媽，他們都是高知識份子，所以許邵珍家裡總是有看不完的書。一些比較艱澀的書，許邵珍從才剛開始認字的時候，就因為好奇而翻著看。

孩子的學習，許邵珍家不需假手他人，閱讀這件事，爸爸可以教，尤其是寫作文、朗讀與演說，許邵珍一點也不陌生，爸爸就是她最好的老師。

四歲開始，媽媽則開始教導許邵珍彈鋼琴、聽古典音樂。而且許媽媽喜歡把邵珍打扮得像一位小公主，穿著蕾絲的可愛洋裝，以及真皮製的小紅鞋。

所以許邵珍每次跟爸爸媽媽出去，都會被身邊的叔叔阿姨們稱讚她「可愛」、「漂亮」。

在兩位教授培養下，許邵珍從小就和「優秀」兩個字分不開。

住在許邵珍家隔壁的李國豪有一個三代同堂的家庭。

李國豪的爸爸是個成功的生意人，但因為經常往返大陸，一年有一半以上的時間人都不在台灣，所以李國豪平常都跟媽媽以及阿嬤住在一起。

李國豪的媽媽是個喜歡交際應酬的貴婦，所以李國豪多半時間都是自己一個人打發。

反正媽媽每個禮拜都會給他一千塊零用錢，他想買多少本漫畫都行。

至於同住一個屋簷下的阿嬤，她把透天厝後院的倉庫佈置一番後，就以倉庫為房間。

平常其他家人都不會去打擾她，阿嬤多半也只有吃飯的時候才出現。

不過，李國豪的阿嬤很關心孫子，並且是用年輕人的方式。

"Somewhere over the rainbow. Way up high. And the dreams that you dreamed of ..."

李國豪的外套口袋突然響起英文老歌的手機鈴聲，他從口袋中拿出去年聖誕節，爸爸送給自己的智慧型手機，接起電話說：「喂！阿嬤妳找我喔？……怎麼把歌傳進iphone？我昨天不是教過妳了……對對對，就是用itune……可以了嗎？可以

就好……」

許邵珍有點吃驚，心裡說：「李國豪的阿嬤不是六、七十歲了，還會用iphone，真時髦啊！」

04. 不分你我的好朋友

漳河國小裡頭的學生大多不是來自當地校區，身為一間台北的達官貴人們喜歡把孩子送進去就讀的學校，校方擁有更多資源，也更能給予學生較多的照顧，並提供更多教育方面的服務。

說來說去，一切都是因為錢，有錢能使鬼推磨，有錢就能讓孩子們人手一台平板電腦，推行各種最新科技的教材，連戶外教學都能包遊覽車去那些一般小學通常不會去的地方。

段考前一天，六年一班的班級氣氛為之一變。

同學們下課時間也不出去玩耍，都窩在教室裡頭看書，老師們也在教室裡頭陪著孩子們，一方面督促大家看書的情況，另一方面也等於讓孩子隨時能夠向老師請教問題。

這天下午有兩節自習時間，老師開放給同學們自由閱讀。

李國豪的位子空著，張恤光身為導師卻視而不見。

其他同學也沒有特別在意，他們都忙著為自己的前途打拼，根本無心關心其他

人的情況。

許邵珍每看幾頁書，都會忍不住朝李國豪的座位方向偷眼瞧去，看著他的位子空蕩蕩的，不免有點擔心，她拿出手機，對李國豪發了封簡訊。

「阿豪，你跑去哪裡了？」

過了一分鐘，李國豪回傳簡訊說：「我在圖書館。」

「幹嘛不在教室看書？」

「大家都在看明天考試的書，我又不想看。」

「不想看也不用離開教室吧！」

「我媽媽好像跟老師說好了，如果我不想看書，就不要勉強我待在教室。」

「怎麼這樣！」

「哈哈，妳忘記去年段考發生什麼事情嗎？」

許邵珍看著簡訊，回憶起國小五年級下學期的段考，她那時也跟李國豪同班。

也是段考前一天的自習課，李國豪在位子上安安靜靜的，好像在認真讀書的樣子。

導師初明安是個個性古板，身材像是相撲選手一樣的大胖子，他看李國豪很不順眼，但對許邵珍之類的好學生卻和藹得像是他們的親生父親。班上的同學都不喜歡初明安，說他是個雙面人。

李國豪的座位總是在最角落，大概是因為初明安不想看到他的緣故，可是初明安又偏偏喜歡叫他起來回答問題，拿他上課不認真的態度奚落他。

就在五年級下學期第二次段考前一天，初明安正在解釋數學，他故意叫李國豪起來回答問題。

李國豪沒有畫漫畫，但是他也聽不懂老師在黑板上畫的那些三角形公式。

「李國豪，起來回答這一題。」

李國豪聽到老師叫他，慢條斯理的站起來，說：「老師，我不會。」

「不會？這題我已經講過N遍了，你去問掃地的工友先生，我看他都會。」

「可是我……我真的聽不懂。」

初明安像是早就知道後續發展，他拿出藤條，叫李國豪到前面來。

「李國豪，給我拿著數學課本到前面來。」

李國豪拿著課本走過去，他很不甘心，可是老師仗著自己的權力命令他，他也沒辦法。

「拿著課本，給我好好複習三角形面積的公式。」

李國豪以為老師是要他罰站的意思，於是站到講台旁邊，結果初明安把他叫到講台中間，然後要他對著全班同學背誦三角形面積公式。

「底乘以……」李國豪才剛說三個字，初明安的藤條就落在他的屁股上。

李國豪痛得從講台上跳起來，趴在第一排的同學桌上，摸著屁股，叫道：「哎喲！幹嘛打我啦？」

「老師打你還需要理由嗎？」初明安生氣的說。

李國豪瞪了初明安一眼，隨即就後悔了。

他覺得自己太衝動，因為初明安可不是其他溫良恭謙讓的老師，你瞪了初明安一眼，他可是會還給你十倍的白眼。

「給我伏地挺身趴在地上。」

李國豪這時候想跟老師道歉也晚了，只好做出伏地挺身的姿勢，趴在地上。

初明安拿起藤條，狠狠的在李國豪屁股上抽了幾下，邊打還邊訓斥說：「你要知道，老師是不贊成體罰的。可是有時候你們不乖，老師只好拿出非常手段，對你們略加懲罰。唉！打在你們的身上，痛的可是老師的心啊！」

初明安說的那些話，李國豪聽在耳裡覺得都快吐了。

許邵珍看著李國豪被打，心裡揪痛著，很為李國豪擔心，可是她也只能眼睜睜的目睹這一切，幫不上忙。

至此之後，老師就跟李國豪的媽媽達成了一個默契。

李媽媽雖然不怎麼教育孩子，但她還是站在孩子這一邊，初明安打了孩子的當天晚上，李媽媽就打了通電話給初明安。

「初老師，謝謝你對我家國豪的教導，但縱使小孩有任何不是，也不應該施行體罰。」

「李太太，我也不贊成體罰，但有時候體罰確實有其效果。」電話中，初明安用非常和善的口氣對李媽媽解釋說。

「你可以用言語訓斥我的孩子，或是叫他去罰站，或是做勞動教育，但是用『打孩子』的方式，我不贊成，我也不願意給老師這種權力。」

「好吧！那李太太，您說要怎麼做呢？國豪他上課不聽課，在那裡畫漫畫，這無疑是一種破壞班級和諧的表現啊！我這麼做也是為了全班同學受教的權利，不單單只是因為國豪一個人的關係。」

「隨你怎麼說，總之我的孩子不能打。如果你看他上課干擾其他同學，就讓他去圖書館一個人唸書就得了。反正眼不見為淨，他不在教室，也就不會干擾其他同學了。然後國豪他也能做他想做的事，這樣對你我雙方都好。」

「這……好吧！」

從此之後，李國豪段考前不需要跟著同學自習，他可以去圖書館讀自己想讀的書，或是畫漫畫。

所以六年級的第一次段考，張恤光老師給了李國豪一個方便，讓他自己選擇要待在教室，還是去圖書館。

自習課前的下課時間，張恤光老師把李國豪叫到辦公室，對他說：「國豪，老師知道你對讀書沒有什麼興趣。喜歡畫畫沒有什麼不好，但是在這個現代社會，讀書還是很重要。我知道李媽媽有她的教育哲學，你也有自己的想法，所以老師不勉強你。你如果想要跟大家一起唸書，就待在教室自習；如果你要做其他事，則可以去圖書館。但兩者只能選擇其一，不能通吃。」

李國豪考慮了一下，回答老師：「我想去圖書館。」

張恤光老師本來還抱著一絲希望，但既然李國豪選擇一個人，他也給予尊重，說：「好吧！但自習課結束，你還是要回來打掃跟上課。」

「謝謝老師。」

李國豪對張恤光鞠躬，然後走出辦公室。

段考的書對許邵珍來說太簡單了，她才花一節課的時間就把主要科目都瀏覽完一遍了。她的視線穿越走廊，直到操場。

操場邊的木棉花樹，橘色的大花盛開，風一吹，草地上揚起一大片如棉花般的白色木棉花絮。

許邵珍把書闔上，拿著筆記本，走到講桌旁正在批改作業的張恤光老師身邊，對他說：「老師，我想去一下洗手間。」

張恤光其實注意到許邵珍故意放在身後的筆記本，但是他假裝沒看見，說：「去吧！」

「謝謝老師。」

許邵珍是不是真的去洗手間，張恤光心裡有譜。他笑了笑，對於孩子之間的友情，他覺得很可愛。

李國豪與許邵珍兩人，彼此間存在著孩子們純粹而美好的友情。一般人對孩子們喜歡的漫畫，存在某些誤解，但在他們之間，這種誤解不存在，他們瞭解彼此，就像從小一塊長大的兄弟姊妹。

李國豪在圖書館，繼續畫他的漫畫。

許邵珍走到桌子對面坐下來。

李國豪看到她，訝異的說：「妳怎麼來了？」

「不看書，至少要把這個看一看。」

許邵珍把自己的筆記本推到李國豪面前。

「這是？」

李國豪翻開筆記本，裡頭全是許邵珍特別整理的各科重點。

一百多頁的教科書，篩選過後，不到二十頁的篇幅就將考試內容說明得清清楚楚。

「對我這麼好，妳該不會喜歡我吧？」李國豪翻了翻筆記本，對許邵珍笑嘻嘻

的說。

許邵珍雙頰頓時羞紅，她伸手想把筆記本搶回來，說：「不想看就還我。」

李國豪抱著筆記本，不讓許邵珍拿回去，說：「怎麼可以，我雖然不奢望考九十分，至少希望及格啊！邵珍妳不愧是我的好『麻吉』，筆記就借我一天，考完試再還妳。」

「哼！記得要還我喔！」許邵珍見李國豪接受自己的好意，嘴巴上雖然兇巴巴的，實際上心裡卻很高興。

透過孩子們的眼光，漫畫在孩子們生活中有極高的價值。並且無論大人們怎麼阻止，都無損於漫畫在孩子們心中的地位。

許邵珍很少看漫畫，但李國豪畫的漫畫，她每一本都看過，而且閱讀完後還會給李國豪心得和建議。他們的成績天差地遠，但不影響彼此之間的友情。

許邵珍又問說：「你畫得怎麼樣了？不是說這一話結束就要借我看。」

「快好了，等一下放學前就能借妳。」

「好，那我先回教室囉！」

「嗯！」

「妳是我最重要的讀者呢！」李國豪對許邵珍說。

「知道就好。」許邵珍驕傲的說。

05.
神秘的阿嬷

當小朋友們都去學校上學，負責賺錢的上班男女都離開家，家家戶戶就剩下些不需要工作的退休人士和老年人。

李國豪和許邵珍住的「觀海山莊」社區，位於紅樹林捷運站對面的山腰。社區內住的都是社經地位不錯的人家，李國豪家四周鄰居，許邵珍爸媽都是教授，另外還有兩戶住著退休的公司董事長，以及一位已經沒有繼續創作的作家。三個老人家平常看著孩子、孫兒出門後，就會出來社區散步，經過李國豪家，他們往往停下腳步。

一頭白髮，已經七十幾歲的張董拄著拐杖，聽到李國豪院子中的倉庫內，傳來黑膠唱盤的音樂聲，他叫住另外兩位朋友，說：「嘿！你們聽聽，這音樂好像是蔡琴呢！」

頭髮幾乎禿光光，年近七十還保有健身習慣，一身肌肉的林董聽友人這麼說，停下腳步駐足聆聽，說：「真的，這是蔡琴的『是誰在敲打我窗』。好聽！好聽！」

騎著電動車，有點不良於行的老包，他頭上戴著鴨舌帽，六十六歲還當自己是二十六歲的文藝青年，跟著說：「是誰在敲打我窗，這是一首很有意境的歌。讓我想到年輕的時候，我曾經寫過一封情書寄給美國的海倫娜，情書裡頭是這麼寫的，『喔！我親愛的海倫娜，自從妳離開我身邊，我喝威士忌也像喝水，生活了無滋味……』。」

張董和林董才不想聽老包一個人在那邊自顧自的回憶，打斷他的話，說：「這一家聽說有個老太太住在裡頭。」

「是啊！我記得李先生是個經商的生意人，平常就李先生的母親、妻子和一個兒子住在這兒。這時間恐怕是老太太在聽音樂。」

「他們家沒請傭人嗎？」

「這我就不清楚了。」

「可是我很少看到李家老太太出來走走，跟其他人串個門子。」

「是啊！可能她行動不方便吧！」

「我們幾個老頭在這邊嘮嘮叨叨，不如過去按個門鈴，事情不就清楚了。」老包性子急，他才懶得瞎猜，對他來說，事情就是要用行動來表示。

張董和林董都覺得有道理，他們過去使喚人習慣了，現在要他們自己做點事情，反而推三阻四的。雖覺得有道理，但兩個人都不想去當按電鈴的那個人。

老包騎著電動車，來到掛著「李宅」鐵牌的大門前，伸手按了電鈴。

從門外可以聽到電鈴響聲，但老包一連按了三、四次，都沒有人來開門。

過了五分多鐘，張董和林董都想離開了，才從對講機中傳來一位和藹的老太太話語聲。

「這裡是李宅，請問哪裡找？」

張董聽到老太太的聲音平易近人，膽子就來了，搶著說：「您好，敢問是李老太太嗎？我是住在後面八號的張三，人家都叫我張董。我和兩位老朋友剛剛經過，聽到蔡琴的音樂，忍不住停下腳步欣賞。話說平常好像都沒見您出門，要不要出來跟我們幾個老帥哥聊聊天啊？」

林董把張董推到一邊，對他說：「好你個老張，第一次跟人家說話就這麼親熱熱的，小心我等會兒跟大嫂告狀。」

「呿！第一次說話當然要溫柔點，不然怎麼能給對方留下好印象。」張董反駁說。

林董接過張董的話，對著對講機說：「您好，我是住在十三號，就是門口種著兩棵榕樹的那戶，大家都叫我老林，雙木林，或者叫我林董。敢問老太太要如何稱呼？」

「呵呵！」李老太太笑說：「你好啊，平常我確實是很少出門。非常謝謝兩位的熱心，不過今天我還有事情要忙，就不陪兩位聊了。改天有空，歡迎來寒舍喝杯下午茶。」

「是嗎？那什麼時候您比較有空呢？」林董又問。

「嗯……我月底通常都比較忙。這樣吧！下禮拜二下午兩點，我準備些茶點，招待兩位。」

老包插話說：「是三位。」

「這位是？」

「我是住在十七號，就是山後最後那排的包先生。大家可能對我的名字比較陌生，但對我的筆名可能就比較熟悉。我以前是個搖筆桿子的作家，筆名『風中奇童』，專門寫科幻小說，您或許有點印象。」

「風中奇童……恕我無知，我還真沒聽過這個名字。」

老包不甘心，又說：「那您可能聽過科幻小說《八爪章魚怪》，或是《這世界上只有我知道有鬼》這兩本書吧？當年可是賣了十幾版的暢銷小說呢！」

「呵呵！可能聽過，但我真沒印象了。」

張董和林董見老包失望的樣子，安慰他說：「女人家可能比較不喜歡科幻小說。如果你寫的是言情小說，什麼瓊瑤那一票的，她也許就聽過了。」

「也是。」老包安慰自己說。

「那就下禮拜二下午見。」

「好，我會靜候三位大駕光臨。」

通完話，李國豪的家仍舊傳來悅耳的蔡琴歌聲，三位老先生則是神情愉快的離開李宅，繼續散步。他們都很好奇到底這位喜歡蔡琴，到了二十一世紀還在聽黑膠唱片的女人，到底生得什麼模樣。

三位老先生繞了觀海山莊一大圈，準備朝後山的石階路走。到了山腳，張董突然說：「唉呀！我忘記帶心臟病的藥了。」

「這可不成，上次我們爬山爬到一半，你就整個人喘到不行，我和老包都以為你要沒氣兒了！快點回去拿藥。」林董憂心的說。

三個人打定主意，決定先回頭走。回頭又經過李國豪家，他們五十公尺外就見到一位穿著POLO衫、牛仔褲，看起來大概三十上下的年輕人。

那位男子對著對講機說：「堅慈姊，我是軒亦。」

「好，快進來。」對講機傳來李老太太爽朗的聲音。

李宅的鐵門「哐啷啷」的轉動開來，露出前庭那片種滿玫瑰花的草坪。

男子走進李宅，鐵門又「哐啷啷」的關上。

三位老頭子看得目瞪口呆，老包說：「那個人看起來年紀很輕，怎麼會叫李老太太什麼姊呢？這輩份全然亂了套兒。」

「那位李老太太究竟是什麼身份，有這麼一位年輕人前來登門拜訪。」老包納悶問道。

「嘿！我瞧這位老太太應該風韻猶存。」張董說。

「你們越說越不正經，我看大概是個保險員之類的。」林董力排眾議說。

「呿！平常就你最不正經，這時候說點正經的話調和調和，說到不正經你還是老大。」老包笑林董說。

三位老人家閒來無事，索性守在外頭，靠在一棵大樹後頭偷看。

大概過了半個鐘頭，年輕男子走了出來。一位穿著俐落、留著短髮、臉上畫著淡妝的老太太也走了出來，三人想這個人肯定就是李老太太。

「堅慈姊，您請留步。」

「沒關係，你大老遠從忠孝東路跑來，辛苦了。」

「這次的稿子比較急，真的是麻煩堅慈姊了。」

「週年特刊本來就會有比較多要求，這我都懂。」

「堅慈姊真的很厲害，從來不拖稿。」

「哈哈哈！可能我是上了年紀的人，跟不上年輕人的思維。我就覺得工作本來就應該按照時間進度走，或許有點八股，但我想對其他工作同仁而言，我這樣能給大家方便。」

「您說得是，那我先走了。」

男子很有禮貌的對李老太太揮手，然後離開。

「你們看。」林董眼睛銳利，他發現男子離開的時候，腋下夾著一個牛皮紙袋，這是他進到李宅之前所沒有的。

「看那紙袋大小，搞不好真的是保險保單。」

「但我聽他們好像在聊工作，難道李老太太還沒退休？」

「也可能是幫忙處理兒子的生意。」

張董、林董和老包，三個人這時倒成了業餘偵探，討論起方才所見所聞，推測李老太太和年輕男子之間的關係。

討論半天，三人都沒有一個定論，但對李老太太的好奇心卻增強不少。

張董、林董和老包都同意，李老太太是一位神祕人物。

06.
生不出畢業作品的學生

段考結束，雖然李國豪根本沒唸多少書，對於成績也沒多在意，但他也跟其他同學一樣有鬆了一口氣的感覺。至少接下來的一個月，老師不會再追殺他的功課和成績，他也可以「比較」光明正大的畫他的漫畫。

放學後，走到捷運站，國小下課時間比上班族早了一、兩個小時，這時候搭乘捷運的人還不多。李國豪和許邵珍，兩個人明明一前一後離開教室，卻很有默契的在校門口相遇，然後兩個人一起走過從學校到捷運站口必經的幾個巷弄。

學校附近最多的就是便利商店，而且還三間不一樣的打對台。

然後是安親班和補習班，不過學校附近的補習班生意並不是特別好，家長們還是對南陽街的補習班比較有信心。

李國豪沒有補習，但是每個禮拜會有在大學唸設計的表哥來家裡當家教。

許邵珍也沒有特別補習，她以往光靠自己自修，就讀的比補習班更多。

這一天，許邵珍沒有跟李國豪搭上同一個方向的捷運列車。

「妳要去哪裡？我們家在往淡水線的方向耶？」李國豪看著許邵珍走到對面月

台，跟過去問道。

「我要去台大一趟。」

「台大？幹嘛？」

「我爸爸今天在那邊有研討會，媽媽剛好也在公館有活動，所以我們約好晚上要一起吃飯。」

「是喔！那我今天就一個人回家囉！」

「怎麼，你捨不得我啊？」

「哪有！」李國豪趕緊否認，他可不想被誤會「男生愛女生」，轉移話題說：「我看班上的同學最近都開始補習，補國中數學、英文，還有人已經開始補理化。妳呢？妳是資優生，應該不用補習吧？」

「我還沒有決定，爸爸媽媽都隨便我要不要補，我自己也在考慮是不是應該補習比較好。」

「如果妳要補習的話，妳要補哪一間？」

「嗯……聽說補英文的話，火車站附近的一家英文不錯。數學的話，我聽朋友都推薦師大附近的數理資優補習班。但我自己還沒決定啦！畢竟我還不知道國中的課業壓力有多大。」

李國豪望著許邵珍，好像參觀動物園的遊客看著從來沒有看過的非洲動物，滿是好奇。許邵珍有點不好意思，問說：「你在看什麼啦？我臉上有東西嗎？」

「不是有東西，是我真的搞不懂妳的腦袋裡頭究竟裝了什麼。讀書這麼無聊，為什麼妳那麼愛讀書。」

「讀書哪會無聊，讀書可以滿足好奇心，可以知道很多有趣又新鮮的知識。」

「譬如說？」

「譬如說……我昨天看了一本書，作者告訴我們人類的身上有兩個器官不會隨著年紀不斷萎縮，而且會不斷長大，你知道是哪兩個嗎？」

李國豪歪著頭想了想，臉上有點怪異。

「你在想什麼？」許邵珍看到李國豪的表情，料想他肯定不是在想什麼正經

事。

李國豪想到爸爸、媽媽，還有家裡阿嬤，仔細比較了一下他們身上有什麼不同，然後說：「該不會是ㄋㄟㄋㄟ吧？」李國豪有點不好意思的說。

許邵珍忍不住一個拳頭朝李國豪腦袋K過去，說：「笨蛋，你在想什麼啊！」

「不然妳告訴我答案啊！」

許邵珍覺得有點失望，覺得自己不應該對李國豪這個傢伙抱有期望，期望他會說點什麼好答案。她對李國豪說：「人身上有兩個器官會隨著年紀不斷長大，一個是耳朵，一個是鼻子。所以你仔細看老人家的耳朵跟鼻子，總是比年輕人來得大，那是因為耳朵跟鼻子不斷長大的緣故。」

「真是長知識了。」李國豪很敬佩的說。

「看到了吧？這就是讀書的好處啊！」

李國豪反駁說：「我又不是沒有讀書。」

「可是你都是讀漫畫書，對吧？」

「漫畫書也是書啊！」

「那你告訴我，你從漫畫中有學到什麼嗎？學的到知識嗎？」

李國豪為了維護喜歡的漫畫，說什麼都不能在這個話題上輸給許邵珍，他認真思考了一番，對許邵珍說：「漫畫裡頭也有很多知識啊！而且有很多課本裡頭學不到的事。」

「譬如？」這次換許邵珍反問李國豪。

「譬如我看過一本漫畫，裡頭在描述瑞士人怎麼馴養乳牛，然後還介紹怎麼擠牛奶。對了！換我出題啦！妳知道獵人打獵的時候，弓箭要朝著鹿的哪個地方射箭呢？」

李國豪的問題讓許邵珍當場傻眼，她讀的教科書，還有英文書，都沒有教過關於打獵的知識，但她也不是會輕易認輸的人。

「如果這次能猜對，或許李國豪就會相信讀書是有用的。」許邵珍盤算著。她努力想了想，說：「應該是瞄準鹿的頭，因為鹿頭中有大腦，大腦被射傷，鹿肯定

就跑不了了。」

其實她內心有個小小的心願，就是希望李國豪可以改變一下自己過度沉溺於漫畫，荒廢課業的生活。如果可以跟李國豪一起讀書，當個用功的孩子，許邵珍認為這樣很棒。可是李國豪就像一頭冥頑不靈的山豬，說什麼就是要橫衝直撞，絕對不給人改變自己心意的機會。

「笑死人，鹿跑跑跳跳的，哪能那麼容易射到牠的腦袋瓜。」李國豪笑說。

「那不然就是射鹿的脖子，動物應該都有頸動脈，一旦射到動脈，就會引發大出血，鹿一旦大量失血就不可能再逃跑。」

李國豪還蠻佩服許邵珍能在這麼短的時間想到這樣的答案，而且許邵珍的答案不是憑空亂想，而是有她的邏輯。然而，這個答案並不正確。

「還是不對。」

「不然答案是什麼呢？」許邵珍不怕自己的答案有誤，她對正確答案的渴望比害怕犯錯的念頭更大。

「答案是射鹿的前腿與軀幹連接處，也就是鹿的腋下。」

「為什麼？」

「因為那裡是鹿的心臟位置，一旦射到那個地方，鹿就會當場無法動彈。」

「好吧！似乎有點道理。」

「妳看，漫畫也是可以告訴我們知識呢！」

「但是有的漫畫除了打打殺殺，什麼知識也沒說啊！」

「這……也是沒錯啦！但那種漫畫，就只是用來娛樂，比不上又能娛樂，然後又能傳遞知識的漫畫來得好。」

「所以漫畫也是要挑好的來看，我懂了！」

「對對對，就跟書一樣。也是有難看的書，或者胡扯一通的書。」

「那有什麼漫畫又能娛樂，又能傳遞知識呢？」

李國豪雙手插腰，哈哈大笑，說：「那當然是……」

「啪！」

說時遲，那時快。李國豪正要介紹許邵珍一本好漫畫，突然一位瘦高的年輕男生，手上抓著一本薄薄的書，悄悄出現在李國豪身後，朝他頭上拍下來。

那一下打的其實不重，但是把李國豪嚇了一跳，他回頭生氣的說：「哎唷！誰打我？」

看到打自己的那個人，李國豪當場憤怒的表情變成喜悅的表情。

「表哥！」

「臭小子，你放學啦？」偷襲李國豪的年輕男生，正是李國豪就讀高飛大學平面設計系大四的表哥林崇光。

「對，剛放學。奇怪，表哥你怎麼會在這裡？」

「臭小子，你忘記今天是我要去你家幫你家教的日子嗎？」

「啊！對喔！今天是禮拜三。呵呵！表哥，你如果不想來家教，可以不要來的。」

林崇光搔搔他那頭染成金黃色的頭髮，說：「我也不想去啊！我最近忙著畢業

製作，忙得焦頭爛額的，根本沒有時間幫你補習。」

許邵珍見過林崇光許多次，她看到林崇光，很有禮貌的打招呼說：「林哥哥好。」

「邵珍好乖，跟我們家阿豪就是不一樣。」

李國豪平常可不能忍受其他人說他壞話，拿他開玩笑，但是林崇光開他玩笑，他倒是一點也不在意。

林崇光是一位喜愛各種繪畫，目前在學習平面設計的設計系學生。李國豪會開始畫漫畫，可以說是受到這位表哥的影響。

從李國豪還沒讀小學的時候，就常常看到表哥在畫畫。每當李國豪不開心，表哥總是能畫出可愛的動物，把他逗笑。人生的第一本日本少年漫畫，也是表哥借他的。

林崇光是李國豪的偶像，但是他最近可沒扮演一位好表哥的空閒，因為他正苦於想不出畢業製作的點子，天天都在煩惱。

07. 漫畫博覽會

李國豪的阿嬤林堅慈總是在房間默默工作，但她在禮拜三這一天，因為另一位孫兒林崇光會來家裡幫孫兒補習，她會特別待在客廳，準備好點心、飲料，等著他們回家。

在李國豪和林崇光心目中，林堅慈是一位和藹的阿嬤，尤其當大多數大人都不懂漫畫的好，阻止他們看漫畫，李國豪的阿嬤卻允許孫兒當爸爸媽媽不在的時候偷看漫畫。

「我回來了。」

李國豪打開家門，用爽朗的聲音朝屋裡說。

果然和他預期的一樣，阿嬤坐在客廳，準備了茶點，等著他們回來。

「崇光也來啦！」見到兩個孫子，林堅慈很高興。

「阿嬤好，阿嬤的身體最近怎麼樣？」

「呵呵！都很好。來來來，阿嬤特別做了你們最喜歡的檸檬愛玉，還有國豪他爸爸從美國帶回來的冰淇淋，你們想吃盡量吃。」

「謝謝阿嬤。」林崇光和李國豪對阿嬤異口同聲說。

林堅慈的話題頗合年輕人的胃口，對林崇光說：「阿光，你這髮型好像現在偶像劇男主角，真帥氣。」

「哪有，隨便弄一弄而已。」

李國豪在旁邊插話說：「最好是隨便弄一弄，一定又是看上哪一位女同學，想要吸引人家注意，才會弄一個那麼騷包的頭。」李國豪朝嘴裡塞了一大口冰淇淋，對阿嬤說。

「才不是呢！阿嬤，妳不要聽阿豪亂說。我最近忙著畢業製作，天天都累得要命，根本沒有時間想其他有的沒的。」

林堅慈早在今天林崇光走進屋裡的時候，就觀察到他的氣色不太好，聽他這麼一說，關心問道：「離畢業還有半年多的時間，有必要這麼急嗎？」

「阿嬤，我們十二月底以前要交給老師畢業製作的計畫書，我到現在還寫不出來呢！唉……以前以為會很簡單的，可是真的碰到還真是沒轍。」

「呵呵！不要著急，設計也好、繪畫也好，其他藝術創作也好，都不能急，必須慢工出細活，細火慢燉才能做出一個好的作品。」

「這道理我懂，可是……真煩啊！」林崇光相信家裡人肯定有優良的繪畫基因，所以他才會從小就擅長畫畫，而表弟國豪同樣也是個喜歡畫畫，且有天份的孩子。

「你有什麼好的想法了嗎？」

「暫時想到幾個，但都很粗糙，總之我還要花很多時間整理。」

林堅慈點點頭，表示對於林崇光的情況已經掌握清楚。她轉頭問問已經吃掉半桶冰淇淋的孫兒，說：「國豪，最近呢？阿嬤好像好久沒有好好看看你，聽你說話了呢！」

李國豪抽了一張面紙，抹抹嘴巴上的巧克力，說：「阿嬤，我一切都很好啦！不用您操心。」

「最好是。聽說今天剛考完這學期第一次段考，敢問李大帥哥，你考得怎麼樣

啊?這次不會又最後一名了吧?」逮到機會，林崇光趁機報剛剛被李國豪奚落的一箭之仇。

李國豪差點把冰淇淋噴出來，他趕緊說：「阿嬤，我……我這次有比較認真唸書，不會最後一名啦!」

「你這臭小子，就算不是最後一名，倒數幾名也沒有好到哪裡去啊!你就不能認真一點，不要讓舅舅和舅媽擔心。」

「哎唷!你很囉唆耶!」

李國豪和林崇光，兩人的目光之間擦出火花。

林堅慈看兩個人可能會吵起來，連忙緩頰，說：「好了好了，讀書很重要，但人生比讀書重要的事情還很多。你們自己好好照顧自己，過一個不後悔的人生就對了。阿嬤只希望你們都能快快樂樂的長大，你們要怎麼過，想怎麼過，你們自己決定。現在就別吵了，快喝喝阿嬤做的檸檬愛玉消消火。」

林堅慈從來不打罵孩子，但她的溫柔話語，卻比任何嚴格的命令還要有效。她對孩子們的愛，那是打從心底自然而然散發出來的一種力量。林崇光和李國豪接觸到阿嬤的愛心，就會自動變得聽話。

吃完點心，林崇光還是要盡盡身為表哥的責任，他抱起書包，叫喚李國豪說：「走吧！到你房間，我們來溫習功課。」

「等一下啦！」

李國豪不想這麼快束手就擒。

「你平常唸的書已經夠少了，現在一個禮拜就這麼一次用功的機會，你就認命吧！」

「我我我，我還想吃一碗檸檬愛玉。」

「還吃啊！你剛剛才幾乎吃掉一整桶冰淇淋。你看，你的肚子都已經鼓得像座小山了呢！」

「慢一點上去會死喔？反正你也沒有很喜歡幫我上課啊！」

「哼！要不是舅舅跟舅媽拜託，我才不幫你這個資質魯鈍的大笨牛上課。」

看著孫兒們打鬧，林堅慈覺得他們的感情真好。

現代人孩子生的少，不像從前兄弟姊妹可能六、七個人，從小大家同穿一條褲子，必須彼此合作，妥善的資源分配才能長大。哥哥、姊姊要照顧弟弟、妹妹，也因此兄長如父，親姊如母，兄弟姊妹之間感情非常好，造就出一個家庭內每個人彼此包容、互助互愛的氛圍。

這一切到了現代社會，尤其工商業繁忙的台北，一家可能頂多生一、兩個孩子。孩子從小跟父母相處的時間，也因為父母必須工作而被剝奪。電視反倒成了孩子們最熟悉的伴侶，一些父母與孩子之間的互動，則是被網路和遊樂器給取代。

李國豪是個獨生子，幸虧當初林堅慈特別讓林崇光跟他玩在一塊兒，才沒有讓李國豪因為老是出差的爸爸，以及經常在外交際的媽媽而感到寂寞。

林崇光跟李國豪打鬧的樣子，就像一對感情很好的兄弟。

為了讓李國豪乖乖就範，林堅慈拿出預備好的祕密武器。

「你們都給我乖乖上樓去做功課，不然……阿嬤就不給你們禮物囉！」

「禮物？」聽到「禮物」兩個字，李國豪馬上安靜，裝出乖巧的樣子。

「呵呵！阿豪最喜歡漫畫了，對不對。」

「對！」林崇光幫李國豪回答。

林堅慈對孫兒說：「你這個月如果都乖乖跟著表哥唸書，阿嬤就送你今年漫畫博覽會的入場券。」

李國豪本來很興奮，聽到是入場券，熱情消退大半，說：「入場券我自己買就好啦！」

「你確定？」林堅慈從口袋中拿出兩張金光閃閃的入場券，李國豪和林崇光見了，都很興奮。

「這……這是？」

林堅慈笑說：「這是每年固定發放一千張的VIP入場券，只有VIP才能夠享有優先購買來自日本的週邊商品，以及優先參加漫畫家握手會的權利。這個入場券可是要天天去便利商店蒐集貼紙，並且經過抽獎才能獲得。阿嬤運氣好，抽到兩張，你們如果乖一點，阿嬤可以考慮把兩張VIP券送給你們。」

漫畫博覽會的限量VIP券對李國豪和林崇光的誘惑力非同小可，兩個人馬上說：「遵命。」立刻跑進樓上書房，準備當個乖孩子，好獲取阿嬤的禮物。

林崇光和李國豪，兩個人走上樓梯，還不忘表達對阿嬤的敬佩。

「VIP券聽說超難抽的，大概只有五百分之一的機會抽到。網路上還有人用一張高於市價十倍的價格在販售，阿嬤真是厲害，竟然能夠抽到，而且還抽到兩張。」

「對啊！阿嬤真是太厲害了，比一般地球人強大太多了。」

「你是說戰鬥力？」

「我是說手氣啦！」

李國豪打開房間的門，林崇光不讓他亂跑，要他乖乖坐在書桌，然後拿出課本，開始每週例行的家教。

08.
天才小尖兵

一年一度的漫畫博覽會，於世貿中心火熱登場。

來自台灣南北的動漫畫迷都會在漫畫博覽會舉辦這半個月時間，湧進會場，把平常存著的存款拿出來，貢獻給各大出版社們。

博覽會會場是個充滿了商業氣息的地方，大出版社一口氣租下將近十分之一大的場地，

讓參觀民眾無論從哪個方向，都能看到他們的招牌。

位於大門入口一進來左手邊第二排，弄成巨蛋形狀的白色大平台，平台上方掛著斗大的英文字"Jump Jump"和《跳跳》兩個大招牌。平台外幾位穿著清涼火辣的show girl們熱情的拿著一本本全彩印刷的雜誌，攔住每一位經過的民眾，向他們推薦台灣最熱門的漫畫週刊《跳跳》。

往年《跳跳》週刊的場子是現場最熱鬧的區塊，十多位揹著單眼相機的宅男們，他們聚集在穿著漫畫cosplay的showgirl們旁邊，拼命按快門，只見閃光燈此起彼落，好像深怕捕捉不到女郎們的倩影。

今年的漫畫博覽會比往年更大，《跳跳》更是老早就在一個月前的週刊大大宣傳這一次漫畫博覽會，《跳跳》將會以有史以來最大的規模來迎接來自台灣的漫畫迷們。

博覽會第一天，林崇光和李國豪兩個人早上六點就來現場排隊，他們到了現場，被現場排隊的人潮嚇一大跳。

本來以為六點來現場已經夠早了，其實不然。

世貿附近排了至少三百公尺的人龍，這些人好像前一天晚上就已經來排隊，他們都是為了第一天開幕必備的限量週邊商品而來。

其中，除去日本幾部暢銷漫畫的商品攤位，最受歡迎的就是本土漫畫《天才小尖兵》。

天才小尖兵的故事和許多中年人小時候的回憶「科學小飛俠」有部份類似的故事背景。天才小尖兵是一組由五位少年組成的特殊戰隊，五位少年分別是熱血的大寶、聰明的二毛、運動神經極好的丁丁、戰隊中負責醫療，最有耐心的莉莉，以及年紀最小的拖油瓶，同時也是開心果樂樂。

五個人組成天才小尖兵戰隊，他們象徵為維護環保和壞人們「黑黨」作戰的正義使者。支持五位小尖兵，給予他們武器、彈藥，各種科技產品的是大頭博士。

總之這部漫畫之所以出名，除了劇情好看，更重要的是與現今最當紅的環保議題結合，所以得到國家不少的補助，也能得到保守的教育人士們願意接受孩子看這

部漫畫。

有趣的是，沒有人看過暢銷漫畫《天才小尖兵》的作者，神祕畫家「一把小雨傘」。

讀者們只知道作者的畫工非常精巧，作者本人卻從來不在媒體前曝光，這多少也增加了天才小尖兵的銷量，因為創作者的神祕感總是對人有種吸引力。

「好多人喔！我們要排多久啊？」看到三百公尺長的人龍，李國豪對林崇光說。

他嘴巴上叫苦，心底卻說什麼都要排隊到底。

「難道你要走？我們如果想要搶到限量商品，非排隊不可。」

就在林崇光和李國豪慢慢朝隊伍尾端走的時候，又有其他人陸續來排隊。他們停下抱怨，趕快加入排隊的行列。

「你最想要買的商品是什麼？」林崇光問李國豪說。

李國豪早就做好功課，對這種課外活動他可是有很多自己的小撇步，他翻開畫

漫畫用的數學筆記本，翻到最後一頁，頁面上他條列式的規劃出想要買的商品。隔壁那一頁則有從網路上畫下來的地圖，李國豪用紅筆、藍筆和綠筆，畫出三條不同，象徵參觀路線、購物路線與追星路線。

林崇光看到李國豪的計畫表和購物清單，讚嘆說：「表弟，你真的不是普通的動漫迷耶！」

「工欲善其事，必先利其器！不就是這個道理嗎？」

「這句話好像不是用在這方面的，但我懂你的意思。」

「首先當然是要進攻『天才小尖兵』的攤位，今年會推出大寶、二毛、丁丁、莉莉、樂樂，戰隊五人組的等身海報，以及一套五隻，可以脫換平常穿著跟戰隊戰鬥服的公仔。這兩樣東西我都想要，為了得到他們，我已經存了一個月的零用錢呢！表哥，那你呢？」

「天才小尖兵的商品當然是一定要買的，但是這次千里迢迢從日本來的幾位漫畫大師，他們的簽名才是我的目標。」

「簽名有什麼用？又不能拿來幹嘛。」

「那你買那些玩具也不能幹嘛啊！」

「好歹可以收藏、當裝飾，拿來玩啊！」

「嗯……那如果有機會拿到一把小雨傘的簽名，你不要嗎？」

「我要！可是要拿到他的簽名根本不可能，天才小尖兵連載六年多，根本就沒有人見過作者本人。那可是夢幻中的夢幻逸品啊！」

「這倒是蠻奧妙的，這麼一部本土的經典作品，卻沒有人見過作者。」

「是啊！這時候就發現蘋果報的記者其實還不夠厲害，狗仔隊這麼多卻沒有人抓得到一個漫畫家的真面目。」

「但也是出版社保密到家啊！」

「你要知道，創作者的形象對於作品的人氣會有影響。」林崇光比較有社會經驗，所以他從社會經驗來解釋。

「你的意思是如果作者是個帥哥或美女，就會吸引更多讀者；如果作者是個醜

男或醜女，就會造成讀者流失？」

「大概是這樣的意思。」林崇光繼續說：「你覺得一把小雨傘是個怎麼樣的人呢？」

李國豪早就想過這個問題了，他從天才小尖兵細膩的畫風，以及強調熱血冒險的故事，還有對於角色的表情和體態描繪偏向日系少年漫畫畫風。他推測說：「我覺得應該是一位中年帥哥。」

「啥？為什麼？」

「因為能夠畫出這麼漂亮的打鬥畫面，還有爆破場景，以及帥氣的出場人物，而且他的劇情如此熱血，又能和環保議題結合。這肯定是個頭腦很聰明，又對事物都很熱情的男人。就像手塚治虫、鳥山明那樣的男人。」李國豪訴說自己對一把小雨傘的崇拜，眼睛炯炯有神，發出亮光。

「或許吧……」林崇光不是那麼肯定，但他腦海中也描繪了一個一把小雨傘的形象。

「哐啷」漫畫博覽會的工作人員把大門開了，然後開始發放號碼牌。

穿著博覽會工作人員T恤的兩位工讀生，他們引導排隊的民眾陸續準備進場。

「大家不要擠，再過五分鐘我們就會開門讓各位進場。」

另外一位工讀生透過大聲公，說：「現在各位手上將收到號碼牌，我們將提供前三百位民眾進場優先搶購商品。如果你有黃金VIP券，錯過第一梯次，則可以於第二梯次入場。並且會場服務台有準備給VIP券貴賓們的神祕小禮物，請各位憑VIP券領取。」

林崇光跟李國豪雖然沒有趕上第一批，但憑著VIP券，他們順利隨著第二批人潮進入會場。

進了大門，林崇光和李國豪變得身不由己，因為後面的人潮如洪水般的將兩人往前沖。

見到「跳跳」的攤位，李國豪可不能由著那些喜歡日本漫畫勝過台灣漫畫的動漫迷，他從左手邊硬生生的開闢出一條路線，而林崇光就跟在他後頭，兩個人花了一番功夫，終於擠到跳跳巨蛋平台旁邊。

一位展場show girl看到他們累得滿頭大汗，拿出兩本雜誌送給他們，對他們笑吟吟說：「這兩本雜誌送給你們，今天我們準備了很多獎品。你們可以進來巨蛋裡頭，我們準備了闖關遊戲，只要完成全部關卡，就能獲得禮物喔！」

「什麼禮物？」

Show girl小聲跟他們說：「據我瞭解，聽說是『天才小尖兵』的五位人物閃亮卡。」

「閃亮卡？卡片遊戲的閃亮卡？」李國豪聽到，整個人精神都來了。

他拖著已經精疲力盡，其實只想悠悠哉哉的逛展覽會場的表哥，走進巨蛋，開始玩闖關遊戲。

09. 我們是正義的一方

進入闖關遊戲的會場，李國豪和林崇光赫然發現跳跳的白色小巨蛋內被佈置成一個超現實的環境。

一位穿著黑色小惡魔裝扮的工作人員過來向兩人介紹遊戲規則，她拿出兩張集點卡，分別給兩人各一張，對他們說：「兩位參加跳跳異次元闖關遊戲的朋友，你們手上的集點卡，凡是闖過一關就能獲得一點過關戳章。只要把A到E共五關的戳章集滿，就能參加最後大抽獎，最大獎將獲得《跳跳》漫畫週刊十年份，最小獎也能得到一些精美的贈品。當然各個期刊畫家的簽名板也是不可少的重要獎品，還有想買也不見得能買到的限量商品。當然啦！如果兩位運氣真的不好，那麼還有過五關的安慰獎可以送給你們。」

「喔！所以除了過關的獎品，還有額外抽獎，太棒了！」李國豪興奮的說。

林崇光年長，有點社會經驗，他老覺得這些抽獎大概都是騙人的噱頭，倒是不怎麼感興趣，但既然都來到現場，他當然得陪表弟玩一下。

「那我們開始吧！」林崇光對李國豪說。

「等一下！」兩人行動前，工作人員叫住他們，說：「每一關都得獨立進行，所以兩位必須分開作答。」

「所以就像搶答的形式那樣？」林崇光問道。

「是的！」工作人員又補充說：「搶答成功還是有好處，早點過關，能夠抽到大獎的機率也比較高，這是遊戲程式設計的一部份。」

「好！那麼我們就變成競爭對手了。」李國豪對林崇光說。

本來意興闌珊的林崇光，聽到原來除了過關，還要跟表弟競爭，他整個人不服輸的個性馬上顯現出來，精神抖擻的對李國豪伸出宣告戰爭開始，先禮後兵的兄弟情誼之手。

李國豪和林崇光兩人用力握了一下手，然後對彼此拋下宣告勝利的精神喊話：

「我贏定了！」

闖關遊戲五個關卡分別排成逆時鐘方向進行，林崇光沒等到李國豪說開始，發

足朝第一個關卡狂奔。李國豪見狀，立刻跟在後頭追上表哥的腳步。

「表哥，你太詐了，竟然偷跑。」

「哈哈！兵不厭詐，這是戰爭。你沒看過電影，也該聽過這句台詞吧！」

第一個關卡，佈置得像是一個史前叢林，遠遠就看到一塊保麗龍製成的大石頭佈景上寫著「第一關：叢林探險」幾個大字。

一位穿著豹紋短褲，露出堅實胸膛，手上拿著一根大木棒的工作人員，對兩人說：「請問是來闖關的人嗎？」

「正是。」林崇光搶著說。

「哈哈哈，好！這一關比的是史前人類的特長。史前人類依靠漁獵與採集維生，所以體力非常重要，因此這一關要考驗的，正是兩位的體力。」

工作人員拿出一堆計步器，分給林崇光和李國豪一人五個，命令說：「請把計步器綁在兩個手腕、兩個腳踝，以及一個繞在額頭。當我用木棒敲響銅鑼，就請兩位盡可能的甩動雙手與雙腳，還有你的頭，一分鐘內五個計步器分數合計超過五百

分，就能獲得這一關的過關戳章。」

「那如果甩不到五百分呢？」李國豪提問說。

「那就只好請你繼續努力啦！」

李國豪和林崇光互瞄一眼，兩人誰也不服誰。將計步器綁好後，工作人員將木棒往第一關門口大石頭佈景後方的銅鑼用力一敲。

「哐——」

銅鑼的響聲一出，李國豪和林崇光兩人就像被上了發條的兩個玩偶，拼命甩動身體。儘管林崇光年長，但他鮮少運動，又經常熬夜，甩起頭來脖子僵硬，雙腳也不是很靈光，唯有雙手的速度還能追上李國豪。

其他等著要參加第一關遊戲的民眾們，他們看林崇光的動作硬梆梆，甩動的速度明顯落後旁邊的國小學生一大截，都抱著看好戲的心態，在一旁指指點點。

「哐——」

工作人員再次敲響銅鑼，宣告一分鐘時間到。

林崇光累得上氣不接下氣，整個人幾乎想要趴在地上休息。工作人員請兩人拆下計步器，交給旁邊的工讀生結算。

結果出爐，工作人員先宣佈李國豪的計步器總分數，說：「左手邊這位小朋友，他的計步器總分是六百二十二分，達到第一關過關條件，闖關成功！」

李國豪朝林崇光比了一個大大的"YA"手勢，一臉得意。

接著工作人員宣佈林崇光的計步器總分數，說：「右手邊這位年輕帥哥，他的計步器總分是四百九十六分。非常可惜，差了四分就能過關，我們期待他等一下再接再厲，突破我們第一關的冒險叢林。」

「什麼……」林崇光聽到只差四分就能過關，想要向工作人員討個便宜，到工作人員身旁咬耳朵說：「大哥，我才差四分，就讓我四捨五入一下得了。」

「這怎麼行，比賽如果不公平，就沒有意義了。你算是大人，大人怎麼可以比小孩子還不懂事呢！」

工作人員說得義正詞嚴，說得林崇光都有點不好意思了，只好乖乖和下一批參

賽者繼續挑戰，眼睜睜看著表弟進入第二關。

「我先走一步啦！」李國豪對林崇光得意的笑說，揮揮手走過第一關的區域。

連結關卡之間，有條黑色隧道，經過隧道，出口外的景色李國豪眼睛一亮。第二關從史前叢林，轉為中世紀古堡。

用紙板搭建的古堡，有一位穿著騎士鎧甲的工作人員在守候。他看到李國豪，對他說：「小朋友，歡迎來到第二關，玫瑰城堡。人類經過演化，發展出動物所沒有的高等智慧，創造了文明。中世紀就是一個充滿人類文明結晶的時代，歡迎你來到這個世界。現在，我們將要就人類早期出現的一些簡單定理作為考題，答對考題的人就能得到過關戳章。」

「考……考題！」

非常不喜歡讀書的李國豪，自然也非常不喜歡考試，聽到「考題」兩個字，他整個人心裡涼了半截，但為了得到獎品，他硬著頭皮也要過關。

「我要出題囉！」工作人員說。

李國豪內心為自己加油打氣，暗暗發聲：「來吧！」

騎士拿出八枚銀幣，對李國豪說：「我手上有七枚銀幣，橫排一枚接著一枚，總共有五枚；餘下的兩枚緊接在橫排中間的銀幣下面，排成T字形。現在，只能移動一枚銀幣，你能得到這樣兩列：其中每列包涵四枚銀幣的排列組合嗎？」

李國豪聽完題目，整個人當場傻住，他結結巴巴的問工作人員：「可以再說一遍嗎？我……我有點聽、聽不懂題題題……目。」

騎士呵呵笑說：「好，我再說一次。」然後拿出銀幣演練給李國豪看。

李國豪又聽了一遍，然後自己找了一塊地板，從口袋拿出八枚銀幣，自己嘗試重組題目的內容與變化，想要推敲出答案。可是他排了幾次，都沒有辦法成功，遇到這個結合數學與邏輯的題目，他這才有點後悔上數學課沒有好好聽課。

大概過了十多分鐘，林崇光終於通過第一關的考驗。他氣喘如牛的穿越黑色隧道，然後整個人差點跌倒，他坐在騎士面前喘氣，對騎士說：「這一關應該不會又

要來個比武大賽，贏過你才能過關吧？」

「不用，這一關比的是頭腦。」

「那太好了。」

林崇光看到李國豪在旁邊排硬幣，大概猜到可能是關於數學排列組合的問題。

騎士向林崇光重複了一遍題目，說：「我手上有七枚銀幣，橫排一枚接著一枚，總共有五枚；餘下的兩枚緊接在橫排中間的銀幣下面，排成T字形。現在，只能移動一枚銀幣，你能得到這樣兩列：其中每列包涵四枚銀幣的排列組合便能過關。」

林崇光闔上雙眼，認真想了想，然後向騎士要來八枚銀幣，現場排給騎士看，順便解釋：「這個題目不難！只要把左邊的第一個銀幣，或是右邊倒數第一個銀幣移到五個中間的那個上面就行了！」

李國豪在旁邊聽表哥解釋，但聽完還是僅僅懂了一半答案的意思，還沒搞清楚究竟怎麼回事，騎士已經在林崇光的點數卡蓋上第二關的過關戳章。

「等一下。」

「等一下？要追上我，請靠自己的實力。」林崇光學表弟說話，複誦道：「我先走一步啦！」

李國豪看著表哥前往下一關，他對騎士說：「我想我搞懂前面那一題了。」騎士搖頭說：「不好意思，現在我們要換另外一題囉！」

果然想要獲得精美獎品沒有那麼簡單，李國豪心裡雖然著急，卻也只能耐著性子，聽騎士拋出另一個闖關問題。

10. 機智問答

為了參加漫畫博覽會，搶到喜歡的漫畫商品，李國豪和林崇光一早就去排隊。結果兩人進了《跳跳》的攤位，為了獲得獎品而參加了闖關遊戲。剛開始李國豪拔得頭籌，隨後又落後林崇光，這場競爭還在持續。

來到第三關，佈景又換了，林崇光看到一位帶著清朝雉髮假髮，身著長袍馬褂的工作人員，不禁笑出聲來：「好特別的裝扮啊！」

「我是為了混口飯吃，老闆要我們扮成什麼樣，我們就扮成什麼樣囉！」

這一關的佈景弄成清末民初的新式洋房街景，主辦單位還弄來一輛復古的黃包車放在關卡旁，富有民國初年中西文化剛剛開始交流的味道。

「請問這一關又要考什麼呢？」林崇光迫不及待的問工作人員。

只見作清朝人打扮的工讀生一甩那根長長的辮子，說：「民國初年，百廢待興，中西方的思想在此交流薈萃，這是一個蓬勃的年代，也是一個充滿希望的年代。這一關我們要問的，正是一個關於中西文化交流的大哉問。」

工作人員拿出一個盒子，盒子有一個能夠伸進一隻手的洞。

「這是幹嘛？」

「請你伸手抽出裡頭的球。盒內共有兩顆球，一顆寫西方，一顆寫東方。抽到哪一顆球，我們就會隨機問出一個關於東方或西方文化的問題。」

「所以這一關考的是關於文化的常識就對了。」

「正是！」

林崇光想，既然是考常識，那就只能靠平常閱讀報章雜誌，累積對於不同文化的知識素養，這種題目根本無從準備。反正如果問到不會的，就繼續回答新的問題，直到答對為止便能過關。

既然不覺得有什麼特別的困難，林崇光心情放鬆，伸手隨意抽了一顆球，拿出來的結果是顆金色球。

工作人員說：「您抽到西方題。」他拿出一本黑色簿子，朗讀起來：「請問英法百年戰爭總共交戰了幾年？」

「英法百年戰爭交戰了幾年，這問題也太難了吧！拿來考歷史系還差不多。」

「呵呵！的確是。其實問題是『英法百年戰爭交戰橫跨幾世紀到幾世紀』？」

「這還差不多。待我想想……十六到十七嗎？」

「錯！再給您一次機會。」

林崇光的專長是設計和繪畫，對於歷史沒有多大的考據，他覺得這題不屬於自己的專長，便寄望下一個問題能夠跟自己的專長有點相關，譬如關於設計史，或是歷史上的藝術家這方面的問題，他有答對的自信。

「這問題……可以換一題嗎。」

「可以。下一題不需要抽球，將會是東方題，但如果東方題也錯了，那就失去競賽的資格囉！」

「什麼！失去競賽資格，這也太嚴重了吧？」

「不好意思，這是主辦單位訂定的規則，小弟也只是照著規則走而已。」

既然不能連錯兩題，林崇光只好認真的思考答案。

工作人員好心提醒他：「哎唷！反正一題可以回答好幾次，你就盡量猜，反正多猜幾次總會對一次。」

「也是啦！」

當林崇光又要再猜一次，李國豪終於突破第二關，挺進到第三關。

李國豪看到表哥，氣呼呼的想要趕快再跟表哥一較高下，他看表哥還在思考問題，衝上前插話：「這位大哥，我要闖關。」

「好，請抽一個球。」

林崇光不甘心讓表弟插隊，便說：「等一下，我還沒回答出答案呢！」

「不好意思，在您思考的時候，其他參賽者有權力抽籤作答。誰先回答出比賽的問題，就能提前挺進下一關。」

「看吧！」李國豪覺得表哥多事，順著工作人員的話對表哥示威說。

李國豪聽完工作人員對規則的解釋，伸手到箱子裡抽出一顆黑色的球。

「您抽到的是東方題。」

聽到是東方題，李國豪搓搓手，說：「東方題？我是東方人，肯定能回答得出來。」

林崇光譏笑說：「最好是東方人就一定能回答得出東方題。東方那麼大，又不是只有中華民國。」

工作人員翻開一本白色的簿子，問李國豪說：「你知道中日甲午戰爭發生於哪一年嗎？」

聽到問題，林崇光想：「國豪這小子平常根本沒在唸書，這種大概國中歷史才會上到的題目，他肯定不知道。當然啦！工作人員大概又在胡扯，等一下又會說其實只要說出是幾世紀之類的簡單問題。可是就算我覺得簡單，對國豪來說恐怕不容易喔……」林崇光想到得意處，露出微笑。

「一八九四年。」

李國豪幾乎沒有多想，便回答了問題。

「最好是這一年……」林崇光以為李國豪的答案肯定不對，結果工作人員安靜

了一下子，然後對李國豪拍拍手，這讓林崇光的笑容瞬間凍僵。

「答對了。」工作人員對李國豪說。

「哈哈！我是天才。」李國豪驕傲的說。

林崇光不敢相信，問表弟說：「你怎麼會知道中日甲午戰爭發生在哪一年？」

「我看天才小尖兵看到的啊！」

「天才小尖兵連中國歷史都有提到？」

「對啊！你肯定沒有看上一期的《跳跳》吧？」

「我最近都在忙畢業製作，將近一個月沒看漫畫了。」

「所以你才會回答不出問題啊！」

林崇光腦海閃過一個念頭，問工作人員說：「難道這一關的題目都是最近一個月《跳跳》的內容？」

「非也非也，但確實有很大篇幅來自跳跳連載過的漫畫內容。」

「我真是敗給你了。」林崇光雙手掩面，哭喪著說。

李國豪順利獲得第三關的戳章，再次超前林崇光。

第四關，佈景來到當代。一座縮小版的巴黎鐵塔出現在小巨蛋內，而看守這一關的正是一位活脫脫金髮碧眼的外國女人。

看到外國人，李國豪只能用非常不流利的英文和她打招呼："How do you do?"

外國人聽李國豪發音很不標準，微笑說：「我聽得懂中文。」

「原來妳懂中文啊？」

「嗯！我是從法國來台灣的留學生。」

「那太好了，我的英文爛透了呢！」

「沒關係，我說中文也可以。」

李國豪難得跟外國人聊天，內心挺興奮的，這一會兒反而不怎麼關心闖關任務，而是想要跟外國人好好說說話。

「妳喜歡台灣嗎？」

「喜歡。」

「妳喜歡台灣的什麼呢？」

「台灣人很熱情，台灣的食物很好吃。喔！總之一切都很棒。」

「是喔？聽起來怎麼跟我認識的台灣不一樣。」

「那是因為你一直待在台灣，待在自己的家鄉。如果有一天你離開台灣，到了國外，相信到時候你就會懷念起台灣的好。」

李國豪本來要往下聊，這時他赫然發現眾位參賽者中，有位戴著美國洋基隊棒球帽，穿著牛仔褲和牛仔外套的老太太。老太太恰好這時轉過頭，和李國豪打了一個照面。

「咦！」李國豪不敢相信自己的眼睛，大叫道：「阿阿阿嬤，妳怎麼會在這裡？」

眼前這位打扮年輕的老太太，李國豪認出竟然就是自己的阿嬤，止不住內心的驚訝，他盯著阿嬤，以為自己在做夢。

「呵呵！沒想到國豪也是第一天就來參加漫畫博覽會呢！既然你來了，我想崇光也在附近吧？」

李國豪定定神，說：「嗯！表哥也來了，他在上一關。」

外國女子聽兩人認識，而且以阿嬤和孫兒互稱，瞭解兩個人是親戚，說：「好巧啊！你們本來就認識嗎？」

「真的是太不可思議了，這位是我的阿嬤。」

「阿嬤？」

「就是奶奶，或者是祖母的意思。」

「我瞭解了。」聽了李國豪的解釋，外國女人說：「真的好巧啊！這一關必須要跟另外一個人同心協力才能過關，我看你就跟你阿嬤一組吧！」

「跟阿嬤一組，這……」李國豪看阿嬤弱不禁風的樣子，怕被拖累。另外，孩子總是希望保持自己的獨特性，要他跟一位老太太同組合作，李國豪有點擔心會被

其他孩子嘲笑，一下子不敢下定決心。

「這一關一定要兩個人合作，如果你放棄跟阿嬤同組，就要想辦法找到另外一個人，不然就沒有辦法過關囉！」

「這……」李國豪思考幾秒鐘，他想：「跟阿嬤合作，應該會比跟表哥合作來得有利。畢竟我得搶先過這一關，不能讓表哥追上。」

李國豪意外看到阿嬤，沒想到阿嬤原來也是喜歡動漫畫的人。而想要獲得主辦單位的獎品還需要經過小遊戲，李國豪儘管不願意，卻得和阿嬤同組競技。為了拿到獎品，祖孫兩人必須同心協力。

「阿嬤，我們一起加油吧！」

「沒問題。」

「但我真沒想到阿嬤會來，難道阿嬤是個漫畫迷？」

「呵呵！是啊！我很喜歡漫畫。」

「好年輕的嗜好啊！可是我過去怎麼都沒聽您說呢？」

「因為你們這些年輕人自己有自己的定見，以為老人家就一定要打槌球、打太極拳、寫寫書法，其實老人家也可以看漫畫、動畫和追星。人生的各種選擇並沒有一定的規則，你瞭解嗎？」

李國豪並沒有完全理解阿嬤所說的，他只能瞭解一個大概輪廓。儘管如此，至少他覺得自己有個愛看漫畫的阿嬤，比起其他孩子的阿嬤，真的是太與眾不同了。

外國女子解釋起這一關的規則，她指著巴黎鐵塔底下，有兩個比鄰而居的座位。兩個座位中間隔了一塊板子，而座位上各有一塊白板。她對李國豪祖孫兩人說：「這一關要考驗的是默契，也包括一點運氣。我會問許多題目，然後你們兩人必須在白板上作答。當兩人答案一致時，便能兩人同時過關。如果答案一直不一致，就得到一致為止才能過關。」

「確實是運氣很重要的一關，萬一兩人剛好默契不好，那就糟糕了。要是兩人剛好默契很好，對某個答案認知相同，可能第一題就能過關。」

「所以我才會說兩位剛好是祖孫，是一家人，這是很難得又有助於過關的組

合。畢竟家人與家人，彼此間的默契應該不錯。」

李國豪和林堅慈，兩人分別坐好。

外國女子面對兩人，提出第一個問題：「請問你喜歡什麼顏色。」

李國豪為人直爽，不加思索就直接寫上答案，「藍色」。

林堅慈活了一把年紀，知道這一關的題目與其說是在考驗自己的想法，不如說是在考驗對於另一個人想法的把握度。假設李國豪喜歡Ａ顏色，而林堅慈喜歡Ｂ顏色，按照自己的喜好回答並不能得到一致的答案。如果其中一個人配合他人，使兩人答案一致，就能過關。所以這一關對於運氣的要求，其實比默契大得多。

林堅慈寫上答案，答案是「綠色」。

外國女子看了兩人的答案後，說：「很抱歉，第一題答錯囉！」

李國豪和林堅慈這時站起來看了一下彼此的答案，這也是他們第一次知道對方喜歡的顏色。

「原來阿豪喜歡藍色啊！」

「呵！原來阿嬤喜歡綠色。」

外國女子打斷兩人說話，因為後面還有其他參賽者在等待，她接著問：「請問你最喜歡的季節是哪一季？」

李國豪沒多想，又立刻寫下答案。

林堅慈聽到這題，喃喃說：「沒想到會是這一題，運氣真好。」

隔著紙板，李國豪聽到阿嬤的話語，問說：「阿嬤妳知道答案？」

「嗯！我看著你長大的，怎麼會不知道你喜歡哪一個季節呢？」

外國女子見兩人竊竊私語，擔心他們作弊，便提高音調說：「作答期間不能講話，謝謝。現在，請兩位翻開白板。」

李國豪和林堅慈翻開白板，向工作人員出示他們的答案。

11. 阿嬤醒醒啊！

「春天。」林堅慈的白板上，寫著這個答案。

外國女子深感遺憾，淺淺歎了口氣，說：「可惜，又不對了。」

林堅慈起身看了一下隔壁孫兒的答案，李國豪的白板上寫著「秋天」兩個字。

「為什麼會是秋天？」林堅慈大惑不解的問孫兒，她深信春天這個答案應該符合自己對李國豪的認識。

李國豪說：「因為我猜想阿嬤喜歡的季節應該是秋天，所以就寫秋天啦！沒想到阿嬤原來喜歡春天啊！」

「其實……你的答案沒有錯，阿嬤確實喜歡秋天，但我想阿豪真正喜歡的季節是春天，對嗎？」

「嗯！阿嬤怎麼知道的？」

「因為每到春天，你就會像隻剛睡醒的小狗狗，一天到晚想要往外面跑，更重要的是春節有孩子們最喜歡的紅包可以拿啊！」

李國豪被說中心事，微微臉紅，說：「阿嬤真厲害，什麼事都逃不過阿嬤的法

眼。」

「那你怎麼知道阿嬤喜歡秋天？」林堅慈很好奇孫兒怎麼觀察到自己的喜好問說。

「因為平常阿嬤都喜歡待在自己的屋子裡，通常只有在我放學的時候才會出來看看我。但是到了秋天，阿嬤會出來散散步，撿撿落葉。我想能讓阿嬤出來透氣，說明秋天對阿嬤來說有特殊的吸引力。」

「呵呵！乖孫子觀察力真敏銳。」

雖然這題兩個人又沒答對，但林堅慈和李國豪，祖孫之間的感情卻得到很大的肯定。

因為他們都感受到家人彼此之間互相關心的溫暖，雖然嘴巴上什麼也沒說，可是心底其實默默的關心著對方，瞭解對方。

外國女子說：「因為還有人在等，所以我只能再給你們一次機會。如果你們還是答錯，就得讓下面的人先來，等人少一點才能又輪到你們。」

「我瞭解了，請出題。」林堅慈說。

外國女子翻了翻題庫，問道：「請問你最喜歡的漫畫是哪一部作品？」

「漫畫作品？」這個問題讓李國豪信心大減，他今天看到阿嬤出現在漫畫博覽會，內心就已經感到夠驚奇了，他從來不知道阿嬤原來會關心漫畫，更遑論阿嬤到底喜歡哪一部漫畫。

突然，李國豪覺得考他最討厭的數學，或許都比回答這個問題簡單。

也因為沒有線索，所以李國豪只好誠實的寫上自己最喜歡的漫畫作品。

「一、二、三，請翻開白板！」

外國女子搶先看到兩人的答案，露出喜色，說：「恭喜你們，答對了！」

「真的嗎？」

李國豪從位子上跳起來，他朝阿嬤的白板一看，阿嬤竟然也寫著《天才小尖兵》五個字。

「阿嬤，妳怎麼會知道我們年輕人的漫畫？」

「呵呵！這可是有原因的，以後有機會我再告訴你。」對於真實的原因，林堅慈含糊帶過，但從她的表情，似乎她早就對這個答案胸有成竹。

林堅慈和李國豪的點數卡上都蓋了第四關的過關戳章，外國女子幫他們蓋章的時候，還對他們說：「我真的沒想到那題你們會答對，

本來題庫出現那一題，我以為大概沒希望了，畢竟現在會和孩子一起看漫畫的大人真的不多。」

「我其實原本也這樣以為，可是我的阿嬤從來沒有阻止我看漫畫。但她會要我注意眼睛，還有看漫畫的時間。但我還是真的第一次知道原來阿嬤喜歡漫畫，而且最喜歡天才小尖兵。」李國豪對阿嬤很欽佩的說。

過了四個關卡，李國豪和林堅慈本想休息一會兒。但就在他們想休息的當下，隧道走出兩個要來第四關叩關的人。

「邵珍！」看到許邵珍跟表哥林崇光一起出現，李國豪吃驚的指著她大叫。

"HI！" 許邵珍看到國豪，跟他打招呼。

「我不知道優等生也會看漫畫耶！」李國豪對許邵珍有點驚訝的說。

「我也是有自己的喜好啊！」

「但是這個時間，難道妳也有黃金VIP券?」

許邵珍跟林堅慈揮手，致意說：「這是李奶奶給我的。」

「啥！阿嬤妳竟然有這麼多張VIP券，這……阿嬤妳是中樂透嗎？」李國豪又發現了阿嬤不為人知的一面，他這才覺得自己對阿嬤實在瞭解太少。

林崇光打斷李國豪等人的談話，對許邵珍說：「我們先過關要緊。」

「這一關要兩個人合作，表哥你跟邵珍加油啦！」

「我們帥哥配美女，肯定很快就能過關。」

「帥哥配美女？我看是蟋蟀哥配發霉女，哈哈哈！」

聽到李國豪說自己是發霉女，許邵珍拉著林崇光的袖子，說：「林大哥，我們馬上過關給阿豪他們看。」

「不好意思，我和阿嬤看不到啦！我們先去第五關等你們。」

李國豪對表哥和許邵珍吐了好長一條舌頭，拉著笑呵呵的阿嬤往第五關挺進。

第四關連接第五關的隧道內，林堅慈問李國豪說：「乖孫兒，你從小跟邵珍一起長大，怎麼對她說話這麼不客氣？」

「哎唷！她是資優生、好學生，跟我這個放牛班的不一樣啦。不一樣的人在一起，說話當然就隨便一點。」

「邵珍是個乖巧懂事的孩子，阿豪你也是。你們的友情從好小好小，你爸爸舉家搬到紅樹林那時就開始了。小時候的友情很單純，得來不易，你要好好珍惜。」

「我知道了，阿嬤。」

通過隧道，祖孫兩人來到第五關。

「哇！」第五關的佈景比前面四關加在一起都大，搭建成一個宛如讓人置身於月球表面太空場景。

兩位穿著太空人裝的大哥哥和大姊姊，他們迎接闖過四關的勇者們，見到李國豪和林堅慈這對年紀相差懸殊的搭檔，對他們說：「歡迎你們來到《跳跳》漫畫館的最後一關，這一關的主題是『未來世界，迎向下個世紀的美麗世界』。所以這一關的過關題目也會跟科幻有關，你們準備好了嗎？」

「沒問題，放馬過來！」

想到只要再過一關就能獲得獎品，李國豪把之前已經絞盡腦汁的疲憊感拋諸腦後，對兩位太空人說。

「太棒了，看漫畫的孩子不會變壞，就是應該這麼有精神！」

「那當然。」

太空人拿出iPad平板電腦，分別交給林堅慈和李國豪，然後他們眼前本來以為是黑幕的地方，其實是一塊一百吋的液晶電視。

液晶電視出現３Ｄ電玩場景，並且呈現左右分割的兩個畫面。

李國豪手上的iPad螢幕亮起，出現「玩家Ａ」的字樣，以及標示「上、下、左、右」和「攻擊」、「防守」的按鍵。

「好酷！」李國豪看到這麼特別的電玩遊戲設計，讚嘆說。

林堅慈對電動玩具沒有太多研究，女太空人花了一番功夫向她說明，她才瞭解遊戲該怎麼進行，又該怎麼操作手上的平板電腦。

男太空人說：「這一關考驗的是反應能力跟邏輯、智力，這些都是要在外太

空，未來世界生存的重要能力。贏家將能獲得第五關的過關戳章，獲得獎品，以及進行抽獎的機會卡。」

大電視的分割畫面浮現３Ｄ立體的俄羅斯方塊戰鬥平台，男太空人繼續說：「兩位將透過手上的iPad遙控３Ｄ立體巨型螢幕的俄羅斯方塊移動，消去的列數能夠集氣，集滿紅色橫條就能按「攻擊」鈕，向對方的戰鬥平台丟下一堆阻礙遊戲進行的方塊。最後，誰先輸掉自己的方塊平台，誰就得等到三輪之後，才能繼續進行遊戲。反之，贏家將得到過關的權力。」

「俄羅斯方塊」算是一個老少咸宜的遊戲，林堅慈儘管幾乎沒玩過電玩，但俄羅斯方塊她年輕的時候還是有接觸過，所以不至於對規則與操作一竅不通。

「準備好了嗎？」女太空人透過麥克風，對祖孫兩人說。

大螢幕顯示“START”字樣，遊戲正式開始。

李國豪對打電動很有信心，他雖然覺得有點對不起阿嬤，但他將會贏得比賽最後的勝利。

剛開始，戰況確實如李國豪預期的一面倒，可是五分鐘後，林堅慈適應了比賽節奏，也瞭解了遊戲規則，開始大量消去方塊，分數也慢慢追上李國豪。

這下，李國豪反而自己緊張起來。

另一方面，林崇光和許邵珍，前者是大學生，後者是資優生，但他們生活差異太大，對彼此也不瞭解，卡在第四關一直無法過關。

李國豪的紅色橫條率先集滿，他心想：「雖然對阿嬤有點不好意思，但為了《跳跳》的獎品，只好對不起阿嬤了！」

然後，李國豪按下攻擊鈕，瞬間林堅慈的畫面上出現一堆石化的方塊從上方落下。

「阿嬤，我贏囉！」看到阿嬤手忙腳亂的樣子，李國豪做出勝利預告。

就在李國豪以為即將拿到過關門票的同時，阿嬤無預警的突然身子癱軟，倒臥在地上。

工作人員見情況不對，立刻衝上前察看。

男太空人檢查了一下林堅慈的身體情況，拿出對講機呼叫同仁：「馬上聯絡醫務組的人，這邊有位老太太需要急救。」

看到阿嬤倒下，李國豪慌了手腳，他急得眼淚都快掉出來，跪在阿嬤身邊，說：「阿嬤，妳不要嚇我啊！」

12. 小偷？

原本愉快的漫畫博覽會之旅，李國豪、林崇光與許邵珍最後卻帶著一顆自責的心離開。

林堅慈在第五關突然身體不適，倒在《跳跳》的巨蛋現場。她失去意識後，世貿中心的醫務人員過來為她戴上氧氣罩，並且叫了救護車。

五分鐘後救護車趕到會場，把林堅慈送上車。李國豪與表哥和好友，三個人也坐上救護車，陪著阿嬤一路狂飆至靠近世貿的醫學中心急診室。

救護車上，李國豪握著阿嬤的手，不斷的跟她說話：「阿嬤，醒醒啊！我是國豪……」

許邵珍坐在好友身旁，這時也只能陪著他一起祈禱，除此之外，她知道自己幫不上忙。

林崇光趕緊拿出手機撥了通電話給李媽媽，報告林堅慈突然昏倒的情況。李媽媽接到電話，也從原本正在和貴婦團喝下午茶的五星級大飯店，叫車前往醫學中心急診室。

12 小偷？

林堅慈被推進醫院後，急診室醫生立刻為她做了心電圖、血液、X光等各項檢查。

一個小時後，林堅慈在台灣的家人們都來到醫院。一位穿著白袍子的醫生，過來跟焦急的李國豪等人解釋林堅慈的病情。

「醫生，我阿嬤她怎麼了？」李國豪著急的問醫生說。

醫生推推他臉上那副眼鏡，緩緩說：「林女士的情況不怎麼樂觀，她上了年紀，上了年紀的人本來身體就比較虛弱點。加上我們從血液檢查的結果研判她最近可能比較操勞，加上世貿會場內人山人海，對於老人家的呼吸是一大考驗，所以引發了急性的休克症狀。目前比較值得注意的是心臟超音波的結果，我們認為林女士的心臟機能可能有進一步做更詳細檢查的必要。但因為今天是假日，心臟科的醫生都不在，所以要等到禮拜一心臟科醫生看過報告，會診後才能得出比較詳盡的結果。」

李國豪的媽媽是個急性子的人，她可等不了那麼長時間。更何況，在對岸打拼的丈夫，要是他最敬愛的母親在工作期間出了什麼意外，對夫妻感情也是一大傷害。

李媽媽對醫生不客氣的說：「醫生的天職就是救人，救人還要等什麼上班日，分什麼假日的，根本胡鬧！需要多少錢，儘管跟我說，我要盡一切努力救我婆婆，你聽到了嗎！」

「李女士，我們自然會就我們一切資源來幫助您的婆婆脫離險境。不過，目前她的情況雖然有緊急之處，但兩、三天內是無生命危險，請您也無須過度擔心。」

「是這樣嗎？」李國豪在旁邊，懷疑的說。

「總之，我希望大家可以做好自己的工作，就像醫生應該做好救治病患的責任。」李媽媽對醫生冷冷的說。

「我知道，但……」醫生還要多作解釋，但他一時間似乎也說不出什麼好理由。

幸虧李媽媽平常就跟一群貴婦有點交情，她拿出手機，打了通電話給剛剛也在五星級飯店跟她一塊兒喝下午茶的其中一位女性友人。

「喂！是惠貞嗎？我是樂萍。」李媽媽透過話筒說。

電話那頭，一個溫柔的中年女子回覆道：「樂萍，怎麼了？妳的婆婆身子還好吧？」

「好不好恐怕不是我能決定的。」李媽媽故意把這句話說得很大聲。

「呦！這話怎麼說呢？」

「我婆婆被送來青山醫院，醫生明明檢查出她的心臟有問題，需要進一步確診，可是醫院方面竟然跟我說心臟科醫生都不在，要等到下週一才能看看我婆婆的情況。妳說，這有沒有天理啊？」

「原來如此，樂萍，妳不用擔心，更無須生氣，我打通電話給我老公，他絕對能處理這件事。」

「惠貞，那就麻煩妳了。這件事要是順利，改天再請各位一起去圓山飯店打牙祭。」

「我的好妹子，咱們十多年的姊妹交情，這點小事算什麼。反正我家那口子平常除了忙著賺錢，也沒做過什麼助人為樂的事，現在讓他為社會正義盡點心力，替祖上積德，他還得感謝我呢！」

「那就先謝了。」

李媽媽掛上電話，沒五分鐘，一位同樣穿著白袍子，身材瘦高，同樣戴著眼鏡，但看起來十分硬朗的醫生從電梯口走出來。

和李媽媽解釋病情的醫生見到他，當場立正站好：「副院長，什麼風把您給吹下來了？」

副院長瞪了那位醫生一眼，對李媽媽說：「李女士妳好，我是青山醫院副院長丁大城，我剛剛接到韓議員的電話，關於林女士於本院檢查與診療的一切事宜，請妳完全不用擔心，本院會盡一切努力，保證讓林女士健健康康的回家。」

李媽媽聽副院長這麼說，本來尖銳的態度跟著和緩下來，對他說：「副院長說

得真好，想必貴院上下醫生對於醫療這件事情肯定都很重視，絕對不會有想要便宜行事的害群之馬。」

聽李媽媽朝副院長抱怨，那位醫生連忙說：「肯定肯定，青山醫院上下同仁對病患都只有一顆充滿關懷與照護的愛心，請李女士放心。」

「嗯！」李媽媽應了一聲。

看到青山醫院的人態度轉變如此之快，李國豪、許邵珍和林崇光都深深的見識到所謂社會現實。

人活著，平常沒事的時候，感覺不到社會冷暖，然而一旦出了大事，往往就是考驗社會價值觀健不健全的時刻。

因為阿嬤倒下，李家的人，以及關心李家的人，他們的心因此緊緊維繫在一起。

李國豪見媽媽為了阿嬤不惜跟醫生大呼小叫，請外人幫忙，也要幫阿嬤爭取權益，對媽媽說：「謝謝媽媽。」

李媽媽看兒子臉上又是眼淚，又是鼻涕的，安慰他說：「阿豪，你不要擔心，阿嬤會沒事的。」她又對許邵珍跟林崇光說：「謝謝你們陪著阿豪一起送我婆婆來醫院，等一下我帶各位去附近吃個晚餐，順便叫車送你們回家。」

林崇光對李媽媽說：「舅媽，這沒什麼，我應該做的。」

許邵珍也說：「李阿姨，我都沒有幫上忙，真是不好意思。」

「邵珍太客氣了，我們家阿豪在學校還不是得靠妳送的筆記，不然他成績早就滿江紅了。」

「沒有沒有。」許邵珍發現自己借給李國豪筆記的事情，原來李媽媽一清二楚，很是驚訝，於是很有禮貌的謙虛說。

阿嬤突然昏迷不醒，情況很不樂觀。但家裡人待在醫院，阿嬤也不會就這樣醒過來，於是李媽媽帶著三個晚輩吃完中餐後，把他們一一送回家。許邵珍家就住在李家旁邊，加上林崇光的機車也停在表弟家，等於一行人搭上同一輛計程車，前往

12 小偷？

同一個目的地，十分順路。

回到觀海山莊，許邵珍在李國豪進家門前，過去拍拍他的肩膀，向他打氣說：「國豪，李奶奶一定會沒事的。」

「我知道，阿嬤最堅強了。」李國豪說。

與此同時，一位神秘人物出現在李國豪家附近。

「咦！」李媽媽拿出鑰匙，帶著兒子要往家門口走，突然發現有個中年人站在圍牆外頭東張西望，朝院子內探頭探腦。

「難道是小偷？」李國豪看到那個陌生人，小聲對媽媽說。

李媽媽今天受了一肚子氣，本來心情就不好，現在看到竟然還有人敢來打家裡的主意，便往男子的方向衝過去。她年輕的時候學過跆拳道，這讓她就算碰上大男人也不怕。

男子看到李媽媽氣沖沖的跑過來，也不知道該躲到哪裡去，就被李媽媽一個飛踢踢得飛起來。

「哎唷喂呀！」男子倒在地上，哀號著。他看李媽媽還要繼續進攻，對他雙手猛揮，說：「等一下！我不是壞人啦！」

李媽媽收住要來個迴旋踢的腳，對男子說：「你是誰？」

男子拿出名片，遞給李媽媽。

「《跳跳》漫畫雜誌社編輯余軒亦……你是來關心我婆婆情況的嗎？」

「妳婆婆？堅慈姊怎麼了？」余軒亦聽到李媽媽一說，以為林堅慈發生了什麼事，對李媽媽問說。

13. 是誰搞的鬼

李國豪和媽媽本來以為男子是小偷，結果發現他竟然是知名漫畫週刊《跳跳》的編輯余軒亦。

余軒亦坐在李家的客廳沙發，李媽媽拿了一包冰塊讓他敷臉上剛剛被踢倒撞傷的腫脹部位。

趁著這段時間，李媽媽也將婆婆突然重病昏迷送醫的事情，大略跟余軒亦說了一遍。

李國豪和媽媽，還有林崇光和許邵珍四人都盯著余軒亦瞧，客廳頓時成為審問犯人的法庭。

「你真的不是壞人？」李國豪問余軒亦說。

余軒亦說：「真的啦！我是好人，我是《跳跳》的編輯，你們剛剛都看到我的名片了，我沒有騙人。」

「好吧！就算你沒有騙人，但你跑來我家幹嘛？」李國豪接著問說。

余軒亦露出為難的神色，就算三歲小孩也看得出他在隱瞞些什麼。

林崇光料想如果繼續慢條斯理的詢問他，這傢伙萬一吃硬不吃軟，豈不是什麼都問不出個真相來。於是他故意放聲說：「余先生，如果你再不合作，我們只好報警了。」

余軒亦不希望把糾紛擴大，說：「有些事情我不該說的，但事到如今，我看我也很難再隱瞞下去。不過，在我回答一切之前，你們得告訴我，林堅慈女士是不是已經完全陷入昏迷？」

「按照醫生告訴我們的，我婆婆現在確實陷入昏迷沒錯。」李媽媽社會經驗比較足，她看余軒亦吞吞吐吐，直到聽他詢問婆婆的病情，才瞭解他的意思，因而對余軒亦說：「看來你說你是編輯，應該不是騙人的，能夠注意到一個失去行為能力的人，按照法律這個人的直系血親有權力在這時代替她做出決定。余先生，你是想確認我婆婆是不是已經失去行為能力，好將某個祕密契約的權力轉移給我們，我說得對嗎？」

「李太太真不簡單，我就是這個意思。」

「那好，我先生不在，我的兒子又未成年，那就由我來決定吧！我決定關於你和我婆婆之間若有任何保密的契約，現在必須全盤對我們托出。」

余軒亦得到李媽媽首肯，對眾人說：「跟我來吧！」

客廳內李國豪等人，你看看我，我看看你，都猜不出余軒亦要幹什麼。就看余軒亦對李家似乎很熟，他帶著眾人走出客廳，經過院子，來到院子中阿嬤平常獨居的倉庫。

指著倉庫，余軒亦說：「一切真相都在林女士的房間裡。」

李國豪看著媽媽，李媽媽對他點頭，表示可以進入阿嬤房間，李國豪才走到大夥兒身前，打開這個他過去從未特別想走進去看看的地方。打開房門，阿嬤平常獨居的房間擺設相當簡單，一張書桌、一張床、一座衣櫃，另外還有一張小茶几和兩張小椅子，茶几上還放著茶壺和茶杯。書桌上有一個玻璃花瓶，瓶內插著一束百合。李國豪等人看了半天，看不出有什麼特別之處。

余軒亦走到衣櫃旁邊，看起來像是一面牆的前頭。

「看這裡！」其他人跟過去看，李國豪走近才發現牆上有細細的凹痕，於是對家人和朋友說。凹痕呈現一個「ㄇ」字型，並且離地大約一公尺半處，還有一個與牆壁顏色一致，像是用來欺敵的手把。余軒亦將手把一拉，顯現出凹痕的玄機，這面牆並不是真正的牆，背後是一個大約兩坪大小的

工作空間。

工作空間有一張繪圖用的斜面桌子，以及一張可以調整高度的辦公椅。

桌子上放著G筆、油性筆、黑色墨水，還有一疊白紙，另外還有一些繪製到一半的半成品。

「這個……難道是？」林崇光看到桌面上的稿樣，立刻認出是《跳跳》週刊中極受人歡迎的作品《天才小尖兵》的草稿。

余軒亦自公事包中拿出一份經過校正的畫稿，對李國豪等人說：「這是三週後即將出刊的《天才小尖兵》樣稿，通常在印刷前，都會經過二校、三校。我想現在你們大概已經猜到林女士的另外一個身份。」

「難道阿嬤是天才小尖兵的作者，那位傳說中從來不拍照、也不露面的天才畫家『一把小雨傘』？」

隨著余軒亦，大夥兒進入阿嬤的屋子，這才發現阿嬤竟然是《天才小尖兵》的作者。

阿嬤總是待在房裡，原來就是為了作畫。

「阿嬤老是不出門，原來都是為了畫畫。」李國豪終於瞭解，為什麼阿嬤很少出門。

「可是阿嬤是怎麼避開家人的法眼呢？」林崇光百思不得其解，問余軒亦說。

「這個就要問你們自己啦！就我所知，林女士的孫子白天上課，放學回來大多時間都是在自己房間看漫畫。林女士的兒子長年在對岸工作，一年待在台灣家裡的時間有時不到一百天。而她的媳婦通常下午會出門交際應酬，經常晚上才回來，也很少跟家人一起共進晚餐。你們家也不是每天都有傭人，所以我通常都是趁著中午過後，你們家裡沒有人的時候來和林女士面對面討論稿件，進行收稿、過稿等工作。」

余軒亦的話讓在場的李媽媽和李國豪都感到很慚愧，如果他們經常關心阿嬤，阿嬤怎麼可能瞞得過他們的眼睛。他們一直不知道阿嬤喜歡漫畫，甚至是個成功的漫畫家。

當人只關心自己，往往就會忽略身邊那些需要我們關心的人。

當我們不懂得關心那些需要我們關心的人，無形中我們其實也在傷害他們，並且讓自己變成一個不懂得感恩，不懂得關懷他人的人。

如果社會上的人都不懂得關心身邊的人，可以想見社會將會變得多麼冷漠。

「唉……要是我不要老是往外頭跑，或許今天就可以避免憾事。」李媽媽自責的說。

李國豪抱著媽媽，說：「不是媽媽的錯，是我不好。阿嬤應該每天都需要畫畫，每天還抽出時間準備點心給我吃。可是我卻老是顧著看漫畫，畫自己的漫畫，完全沒有為阿嬤著想。嗚嗚……如果我早點開始懂得關心阿嬤的話……」李國豪說到一半，因為內疚而不禁流下男兒淚。

余軒亦把真相告訴李家人，但他的本意不是為了讓李家人難過，而是為了完成自己的工作。

眼看事情都已經攤開來談，余軒亦說：「林女士是我們《跳跳》旗下很重要，也很特別的一位合作夥伴。老實說，從來沒有一位畫家像林女士這樣高齡六十歲還能作畫，而且林女士從來不拖稿。相較之下，反而一些年輕畫家沒有責任感，使得我們雜誌社無法跟他們長期合作。林女士的畫風隨著整個亞洲漫畫的發展，不斷進步，更是難能可貴。我們真的沒有料到會有這麼一天，林女士會倒下來。只能說一切都發生的太突然，在此我代表《跳跳》雜誌社表達我的遺憾。」

林崇光不以為然的說：「去去去！什麼遺憾不遺憾的，阿嬤現在還活著，又不是已經駕鶴歸西，總之我相信阿嬤很快就會好起來，到時候天才小尖兵也會繼續如期出現在每個禮拜引頸企盼的讀者面前。」

「關於這一點，你們可以保證嗎？」

余軒亦身為編輯，他的責任就是確保所負責的作品能夠如期出刊，他想既然林女士陷入昏迷，以她的年紀何時會醒過來根本沒有人知道，醒過來又要多久才能投入工作也是一個問題。所以他無法保持樂觀，而是做最壞的打算，從這個角度向李家人提問。

余軒亦的問法雖然有點不近人情，但也確實問倒了現場的每一個人。

大家都希望阿嬤早點好起來，可是他們也無法預估阿嬤何時能夠恢復意識。

「很遺憾，我們提前累積的稿量通常只有兩到三週，如果林女士不能在兩週內恢復工作，我們就必須採取其他手段。」

「其他手段？什麼手段？」李國豪對余軒亦說。

「這個就交給我們出版社內的專業人士來負責吧！總之，《跳跳》絕對不會讓《天才小尖兵》休刊。」

14. 這不是天才小尖兵

經過青山醫院醫護人員的細心照顧，林堅慈的病情按照醫生的說法，每天都有良好的進展，只是林堅慈依舊昏迷不醒，儘管昏迷指數已經上升，但醫生也沒把握她什麼時候會醒過來。

「可能隨時都會醒過來。」醫生用模稜兩可的語氣對李家的人如此說。

時間一天天過去，林堅慈昏迷的隔週，《跳跳》一如往常出刊，但是整個台灣，只有區區幾個人知道其中《天才小尖兵》的連載，隨時有可能斷頭。

余軒亦每天都會打電話來跟李媽媽詢問林堅慈的病情，但每次他都只能得到失望的答案。

就在林堅慈昏迷超過一週，而余軒亦手上的存稿只剩下一個章回的完稿，以及一個章回的半成品的某一天，余軒亦抱著希望，再次打電話給李媽媽。

「喂！您好，我是余軒亦，請問林女士的病情怎麼樣了呢？」

接電話的是李媽媽，自從林堅慈住院後，她改掉跟姊妹們天天在外喝下午茶、逛街的習慣，每天都會帶著書和水果來到青山醫院，陪伴臥病在床的婆婆。

她會削好林堅慈最喜歡吃的蘋果，放在床頭，希望婆婆聞到蘋果的香氣，能夠早點醒過來。另外李媽媽還會讀書給婆婆聽，讓婆婆能夠保持對外聯繫的管道。

接起手機，李媽媽知道余軒亦肯定又是在問過去一週來每天都問的同樣問題，她也希望自己能夠給余軒亦一個不同的答案，可惜每次結果連她自己都覺得失望。

「唉……我婆婆她還是沉睡著，沒有什麼進展。但醫生說她的檢查情況比昨天好，相信很快就能醒過來。」

「這樣啊……我知道了。真的很不好意思，連續幾天都打電話麻煩李女士告訴我情況。」

「您無須客氣，這是我應該做的。婆婆重視她的工作，我作為婆婆的親人，自然應該盡我所能的給予支持。」

「好吧！如果林女士醒過來，麻煩您給我一通電話。」

「會的。」

「那我先回頭處理其他工作，就先說到這裡。」

「嗯！再見。」

「再見。」

余軒亦坐在《跳跳》編輯部辦公室，他掛上電話，整個人沒精神的坐在位子上。

編輯上頭還有一位編輯主任，負責管理旗下編輯，編輯主任上頭還有一位總編，作為整個跳跳的管理者。

余軒亦屬於「本土漫畫」部門，林堅慈無法工作的消息，已經彙報給編輯主任和總編知道。他們兩人都很重視《天才小尖兵》這部作品，所以也都關注著林堅慈的病況發展。沒有人希望好好一部受歡迎的本土作品必須停刊，因為一旦停刊，很可能就再也沒有復刊的機會。

總編看似決定整本週刊的走向，實際上真正能夠決定一切的老大，是《跳跳》雜誌背後的出版社老闆。老闆要的很簡單，就是賺錢。這也是為什麼坊間的漫畫週

刊鮮少台灣本土漫畫，因為台灣本土漫畫能夠紅得像是一些日本代理作品的屈指可數。為了賺錢，購買暢銷的日本漫畫版權來販售，才能獲取最大的利潤。

《跳跳》上下的主管與編輯都很苦惱，他們知道若天才小尖兵讓出位子，接下來就會被幾個已經被相中當備胎的日本漫畫給取代。所以天才小尖兵作者因病無法創作的消息，《跳跳》的工作人員都極為保密，沒有給外界知道。整個編輯部，目前就只有余軒亦和他的編輯主任，以及總編知道消息。

余軒亦的表情，透露出這一天林堅慈女士的病情並沒有好轉。編輯主任看到他的臉，便走到位子旁，說：「我們去樓下便利商店買杯咖啡吧！」

「好。」

藉由離開辦公室，去樓下買咖啡的空檔，編輯主任問余軒亦：「林女士還沒醒過來嗎？」

「是的。」

「這樣下去可不行啊！存稿只有一週，另外半份根本還沒完稿，就算我們找槍手幫忙修正，頂多只能撐過兩週。」

「難道就沒有其他辦法了嗎？如果讓老闆知道，肯定會被換上日本作品。」

「是啊！但我們又能怎麼辦呢？」

余軒亦和編輯主任走到便利商店，點了兩杯咖啡，他們還在思考方法。走出便利商店，總編迎面而來，對他們說：「你們買咖啡也不幫我買一杯？」

「總編，不好意思，我們只是想出來透透氣。」

「好啦！我都知道了，你們想什麼，我還不清楚。余軒亦，你們的天才小尖兵，我看拖不了多久。」

「嗯！我和主任談過，大概只能撐過兩週。」

「撐過去之後呢？」

「不知道。」余軒亦失望的說。

「其實還有辦法。」總編說。

「什麼辦法？」編輯主任和余軒亦，他們聽到總編表示還有路可走，都很期待總編的辦法。

「林女士從來沒有休刊，我們可以休刊個一到兩週，這樣加上存稿，能夠拖上一個月呢！」

「可是一旦休刊，很可能就會被取代啊！」編輯主任說。

總編露出驕傲的神色，顯然他覺得兩位手下能力還不夠，所以想不到跟自己一樣的好答案。

「這還不簡單，我問你們，有人知道天才小尖兵是出自誰的手嗎？」

「『一把小雨傘』啊！」

「沒錯！可是有人知道『一把小雨傘』是誰嗎？」總編又問。

「這……」余軒亦和編輯主任，他們都被總編給問住。

「所以我們只需要找個能夠替代一把小雨傘的人，讓這個人繼續創作天才小尖兵，那不就得了。」

「總編，您是說找個槍手？」

「對，我就是這個意思。」

「這這這……這樣妥當嗎？天才小尖兵是林女士的心血結晶，如果換成其他人，恐怕林女士沒辦法接受。」

「林女士昏迷著，她不能接受又能如何呢？一切等她醒來再說吧！現在最重要的就是讓漫畫如期出刊，不要被腰斬。事情有輕重緩急，你們頭腦都給我放機伶點！」總編下了命令，等於不給手下有推翻自己決策的機會。

「看來只能這麼辦了。」編輯主任也同意總編的看法。

余軒亦見主任跟總編靠攏，如果自己不同意，恐怕飯碗不保，只好接下命令。

余軒亦為了暢銷作品斷了稿源而煩惱，另一方面，林崇光坐在阿嬤的屋子裡頭，他想透過這間帶給兒童無數歡樂的工作室中得到靈感，好向教授提出畢業製作的構想。李國豪也在旁邊，他就像一位忠實讀者，抱著敬畏的心，從頭閱讀阿嬤的作品。

14 這不是天才小尖兵

林崇光仔細瀏覽阿嬤的畫稿，他發現阿嬤是個非常用功的藝術家。《天才小尖兵》是部結合冒險與環保議題的本土作品，阿嬤的房間內有關於環境保育的各類書籍，還有各地的地方誌和攝影集，好作為創作的參考。所以天才小尖兵才能畫出非常貼近本土人文，而且內容有教育意義的作品。

「教育……環保……本土……漫畫……」林崇光檢視著這些素材，他腦袋中突然靈光一閃，笑說：「哈哈！我有想法了！我有想法了！」

「你怎麼啦？」李國豪看表哥突然一個人笑得很開心，還大叫幾聲，問他說。

「我想到畢業製作該做什麼了！」

「真的，你想到什麼？」

「嘿嘿！阿嬤真的是天才，我想到如果我的作品也能擷取自生活中，並且賦予教育意義，或許就能做出跟天才小尖兵一樣的好作品。嗯……我想到尋找廢棄物，然後加以重新回收、加工、再利用，以此作為創作的素材。」

「平面設計可以這樣做嗎？」

「當然可以啊！誰說平面設計就不能是立體的！」

「那你要做什麼？」

「我想繪製一台未來的發電風車圖騰，用來和最近很熱門的風力發電議題進行結合，最後做成一部動畫。」林崇光說，他心中已經有了作品的雛型。

15.

編輯的詭計

又經過一週，仍盼不到阿嬤清醒過來。

李國豪和林崇光，在阿嬤昏迷的這段時間，每天都窩在阿嬤的工作室。林崇光每天來這裡思考作品，並且繪製各種手稿。李國豪則是想要幫助表哥，於是開始幫表哥整理手稿，並且透過這個機會，李國豪開始大量閱讀。過去他除了漫畫，很少看書，但為了搞懂什麼是「環保」等等與作品相關的內容，他拿出阿嬤的書，仔仔細細閱讀。漸漸的，李國豪發現原來讀書也可以是一件很好玩的事。

白天在學校，老師們也發現李國豪和過去不一樣。過去那個一到下課時間都會第一個衝出教室，到外面玩耍的小孩子，現在下課時間竟然會坐在位子上讀書。雖然讀的不是課本，但至少是些非常有意義，關於環保、再生能源等等方面的書。

「阿豪，你看這麼多書不累嗎？」下午某節下課，許邵珍看李國豪在唸書，過來和他說話。她從早上就看李國豪抱著一本厚厚的書閱讀，引起她的好奇心。

「還好，這本書還蠻有趣的。」

許邵珍很詫異，她第一聽到李國豪說一本書有趣，問說：「什麼書啊？」

李國豪翻開封面給許邵珍看，說：「這是一本在講歐洲先進國家如何利用水力、風力、垃圾等等環保材料來發電的書。」

許邵珍瞄了內容兩眼，說：「這些書裡頭好多生字喔！」

「對啊！而且還有不少英文翻譯過來的字，以及專業用語。」

「你看得懂嗎？」

「剛開始不懂，但慢慢就懂了。」

「所以現在對你來說，看書不再無聊了嗎？」

李國豪笑說：「教科書還是很無聊啦！尤其是數學，哈哈！」

許邵珍看到好友慢慢的有了轉變，很為他高興。然後她想到李奶奶，便說：

「你阿嬤醒了沒？」

「還沒，但我知道阿嬤很快就會醒過來，然後到時候我要給她看我和表哥的作品。」李國豪滿懷希望，他覺得只要自己能夠踏踏實實的生活，阿嬤醒來看到不一

樣的他，一定會很開心。

放學後，李國豪和許邵珍，他們如往常般一同搭乘捷運回家。

捷運上，李國豪看到一位高中生手上拿著今天出刊的最新一期《跳跳》。

李國豪沒有買這禮拜的《跳跳》，他最近讀書讀得太認真，竟然忘了漫畫出刊的日期。

許邵珍對李國豪說：「你買了嗎？」

「妳說《跳跳》？還沒。」

「等一下下車去便利商店買吧！」

「嗯！」

李國豪哪能忍耐到下車，他慢慢移動，想要從高中生的身旁先飽覽劇情一番。

只見那位高中生，《跳跳》讀到一半，竟然皺起眉頭，喃喃說：「這期的天才小尖兵都在搞笑嘛！好難看。」

聽到有人批評阿嬤的作品難看，李國豪頓時滿腔怒火。

「你說什麼東西難看？」李國豪完全忘了自己是小學生，對方是個比自己年長的高中男生，竟然當場對他喝道。

幸好那位高中男生人還不錯，他很冷靜的對李國豪說：「這期的天才小尖兵，你看過了嗎？」

「還沒，但我等一下就會去買。」

「既然你沒看過，怎麼知道好不好看呢？」

李國豪雖然知道自己有點無理取鬧，但他還是忍不住要回嘴，說：「過去天才小尖兵每一回都好看，沒有理由突然變得難看吧！我……我這是合理的推斷。」

「這樣啊……」高中男生把雜誌遞給李國豪，說：「不然你看看這期的天才小尖兵，然後再告訴我你的感想。」

李國豪接過雜誌，翻到天才小尖兵的那一頁，才翻到第一頁的第一格畫面，李國豪整個人就被畫面給嚇一大跳。

身為一位忠實的讀者，李國豪馬上看出這一期的天才小尖兵畫風跟過去乍看之下很像，但細微處根本不同，無疑是山寨版的作品。阿嬤的畫風很細膩，但是這一期的作品則是有許多因為不夠細心而拿捏不對的人物比例。此外，過去天才小尖兵的內容豐富、對話風趣，可是這一期的劇情不但無聊，而且對話根本不符合小孩子的口味，看起來根本不會引人發笑，反而有種像是在喝白開水一般，索然無味的感覺。

李國豪把書還給高中生，對他道歉說：「剛剛是我不對，這……這根本不是天才小尖兵。」

許邵珍看李國豪整個人消沉下來，關切問說：「怎麼了？」

「其中有蹊蹺，我們得問問阿嬤的編輯才行。」

李國豪希望阿嬤早點好起來，回到他們的生活中，重新讓天才小尖兵也能繼續下去。他絕對不能坐視不管，眼睜睜看著阿嬤的作品被糟蹋。

「叮咚！」李家的門鈴響起。

林崇光這天下午沒課，中午就跑來阿嬤家畫畫，也因為他來看家，李媽媽才能很放心的去醫院照顧婆婆。

林崇光聽到門鈴聲，打開大門，看到是余軒亦，接他進來客廳。

他端了一杯茶給余軒亦，余軒亦喝了一口，從公事包拿出一張支票，放在客廳茶几上說：「不好意思，這裡是上一季林女士創作的稿費。」

「瞭解，我會把支票轉交給舅媽的。」

「對了，我想去林女士的工作室，看看有沒有能夠補上未來週刊的稿件。」

「好，反正你對阿嬤的工作室應該比我熟。」

進到工作室，余軒亦看到本來整齊收拾過的繪圖桌，上面擺了一些新的畫稿，他過來看了看，眼睛為之一亮，對林崇光說：「這是你畫的嗎？」

「是啊！我在打草稿，為了畢業製作。」

「看來基因遺傳果然還是有點道理，林女士的孫子對畫畫都很有天分啊！這些圖畫得相當不錯，不但技巧純熟，而且還有一股和林女士雷同的童趣。」

「您客氣了，只是些我自己隨手畫畫的東西而已。」

余軒亦又看到旁邊有些手稿的畫很粗糙，但旁邊有許多有趣的註記，而且還有很多奇妙的點子。

「這些又是什麼？」

「這些是我表弟為我做的筆記，以及一些他想到的建議。」

「所以你的畢業製作，有位小幫手幫你囉？」

「哈哈！可以這麼說。」

「你知道知名漫畫《生活筆記本》嗎？」

「聽過，那是很暢銷的一部日本漫畫。」

「那部漫畫除了一位畫家，還有一位編劇。現在很多知名的漫畫作品，都是以這種合作的形式創作。」

「這種形式很好，畢竟畫家不見得懂得編故事，編故事的人也不見得懂得畫

畫。」

余軒亦頓了一下，說：「你看過這一期的天才小尖兵了嗎？」

林崇光搖搖頭，余軒亦他本來不打算特地拿給林崇光看，現在他改變主意，拿出這期的《跳跳》給林崇光，說：「你讀一讀。」

林崇光看完天才小尖兵單元，差點沒氣到昏倒，他有點不客氣的說：「這是怎麼回事，根本不是阿嬤的手筆？」

「果然大家都看得出來啊！」

接下來，余軒亦將總編和編輯主任的決策向林崇光一五一十的說了，讓林崇光知道這一期開始，天才小尖兵將由挑選出來的不知名槍手來作畫。

「我絕對不能同意。」林崇光斬釘截鐵的說。

「我知道你和國豪肯定會這麼說，可是這就是商業操作。」

「難道就沒有其他辦法？編輯不是應該捍衛作家的作品嗎？」

「你錯了，編輯如果連自己的工作都不能捍衛，怎麼能保護作家呢？」

余軒亦為了自己的前途，觀察到李國豪和林崇光畫工不錯後，說：「我剛剛看了你的畫，我覺得你有潛力，而且有林女士的風格。要不這樣，以後的天才小尖兵就交給你來畫，而對故事很熟悉的國豪，就讓他負責編劇。反正都是找人捉刀，不如就由最熟悉林女士的你們來代筆，你說怎麼樣？」

16.
漫畫新人獎

等到李國豪回家，余軒亦再次把剛剛跟林崇光提出的建議，跟李國豪重複了一次。

李國豪回家見到余軒亦，正打算問個清楚為什麼這期的天才小尖兵會變了樣，聽完余軒亦的解釋和請求，他和表哥都陷入沉默。

「你們覺得怎麼樣？這可是成為漫畫家的好機會。雖然還是繼續用『一把小雨傘』的筆名，但你們還是能夠繼續領到跟林女士同等級的薪水。」

余軒亦提出希望他們暫時代筆的建議，可是被兩人拒絕。

「我不能同意，這是阿嬤的作品，有阿嬤的靈魂。就像《七龍珠》如果不是鳥山明親手畫，而是給其他人畫，這等於是欺騙讀者。對我們來說，如果我們這麼做，不但是欺騙讀者，還是欺騙阿嬤。」林崇光說。

「你們太傻了，你們知道有多少人等待這樣的機會，等待成為一個漫畫家的機會！」

「對的事情就應該堅持。」李國豪說。

「你們……唉……」余軒亦身為成年人，他完全感受得到李國豪和林崇光對阿嬤的敬愛，對天才小尖兵的喜愛，以及他們對正義的執著。他多希望自己可以跟他們同樣拿出正義感，以及身為編輯應當捍衛畫家的尊嚴。可是，想到還沒繳完的房貸跟車貸，他只能咬牙努力工作。

「我懂了，我不會再勉強你們。但我必須老實跟你們說，如果我今天不這麼做，天才小尖兵很可能就會永遠從台灣的漫畫週刊圈消失。雖然有些方法我可能用得不對，但我從來沒有要讓林女士權益受損的意思。說真的！我很佩服你們的勇氣，可惜社會上有些事情就是這麼現實。好吧！既然你們不答應我的請求，那我也只能走人了。」

「接下來，天才小尖兵還會繼續連載嗎？」

「會。」

「以這種粗糙的形式？」

「這也沒有辦法，當然啦！我想如果作品繼續這樣低水準的表現，應該過不了

幾個禮拜就會因為排名太低，而慘遭腰斬。林女士真的是個厲害的畫家，我想我能做的都已經做了，你們好自為之。對了，林女士要是醒來，記得跟我說。唉！我現在只希望她能趕快回到工作崗位，不然很多人都要因此生活受到嚴重挑戰了。」

余軒亦丟下這句話，等於宣告天才小尖兵的末日很快就要來到。

只是他沒想到，這句話大大激起李國豪和林崇光的鬥志。

送走余軒亦，李國豪關上門，他的眼中燃起熊熊火光，他內心下了決定，他一轉頭，只見表哥也跟他一樣，眼中燃燒著想要維護阿嬤身為漫畫家的尊嚴，來場愛漫畫的人與靠漫畫賺錢的商人之間，理想與現實的戰役。

他們走回阿嬤的工作室，打算好好商量該怎麼做才好。

「你說我們該怎麼做？」林崇光問表弟。

「寫揭發信給香蕉日報。」李國豪看太多電視，受到電視名嘴影響，提議說。

「不行！要是公開這件事，很可能就會像余編輯說的那樣，天才小尖兵將會被日本漫畫取代。」

「那不然去《跳跳》總部樓下靜坐抗議？」

「別傻了！我們應該會因為違反集會遊行法，被警察抓走。更何況你平常就夠讓舅媽操心了，現在阿嬤生病，你可別再添亂。」

「不然……不然我們偷偷潛入週刊大樓，然後大鬧一場。」

「請問這樣做有什麼意義嗎？我們是要捍衛阿嬤的尊嚴，讓天才小尖兵重回正軌，可不是要搞破壞。一旦我們這麼做，好人也會被當成壞人了。」

「喔！好吧……」

可是兩人想了半天，都想不出什麼好主意。工作室桌上還放著余軒亦帶來的最新一期《跳跳》，李國豪半天想不出主意，此時看到便忍不住生氣，因為這一期週刊中，已經沒有天才小尖兵，取而代之的是山寨版的假貨。

李國豪怒拍桌子，一不小心把週刊打翻在地。

只見《跳跳》掉落到地上，門外一陣風吹過，把跳跳的內頁給吹動。書本被吹至接近封面裡的某一頁，林崇光眼尖看到一張彩色跨頁廣告，撿起跳跳，認真看了彩頁一眼，然後興奮的對李國豪說：「就是這個。」

彩頁上寫著：

第十五屆《跳跳》漫畫新人獎：

華人漫畫年度盛會，這個每年都會挖掘台灣三位作家出書，甚至成為《跳跳》週刊連載畫家的比賽，於今年將以更加盛大的規模舉辦。舉凡華人地區中、港、台、馬、新、印等地的華人畫家，都有機會成為跳跳的未來生力軍，華人漫畫的新星。《跳跳》邀請您來共襄盛舉。

欲投稿者，請郵寄至……

※註：徵稿內容不得違反善良風俗……

「原來新的漫畫新人獎又開始了。」李國豪說。

16 漫畫新人獎

「你不覺得這是一個機會嗎？」

「機會？表哥，難道你要我們去參加今年的漫畫新人獎？」

「我就是這個意思。」

「參加這個比賽，就能讓天才小尖兵恢復本來風貌嗎？」

「這個我還沒有把握，但如果我有有機會拿到前三名，成為能夠進軍《跳跳》週刊的畫家，那麼我們就有機會和《跳跳》的老闆與編輯們面對面協商。至少在頒獎典禮會場，我們也有機會表達我們的心聲。更重要的，如果我們能得獎，無疑也將了余軒亦等重視金錢勝過榮譽與理想的大人們一軍。你覺得怎麼樣？」

李國豪臉上除了認同，還是認同。他用力點頭，說：「我覺得這主意棒透了！表哥，你的畫技早就已經有漫畫家水準。我平常也有在練習畫畫，可以幫忙畫點簡單的東西，以及貼貼網點之類的工作。」

「但我先說，這比賽要求要達到至少六十頁的漫畫，算算時間，我們只剩下一個月左右能夠拼出作品，接下來這一個月，會非常辛苦喔！」林崇光考量李國豪還是個小學生，覺得還是應該讓他瞭解實際情況，以免後來挫折感很重。

「不用擔心，守護阿嬤的寶物，不能只靠大人，我也要盡一份心力。」

「那就這麼決定了！」林崇光再沒有疑慮，完全下定決心。

「好！這個行動就定名為『擊倒萬惡跳跳，捍衛天才小尖兵與阿嬤榮譽的世紀大戰』。」李國豪極為興奮的說。

「哈哈！有沒有需要這個一個『落落長』的名字？」

「表哥，任何活動都會有一個活動名稱。喔！我光是想到這個活動名稱，就覺得全身充滿能量，感覺可以連續畫三天三夜都不用睡覺。」

「我現在也是覺得身體裡頭有一股好強的力量等待爆發，相信我們兄弟同心，一定能其利斷金。」

李國豪和林崇光，他們伸出胳臂，彼此交纏，作為立誓要奮鬥的儀式。

半個小時後……

「救命啊……」李國豪趴在地上，他身邊散落一地白紙，白紙上有些人物和怪

獸的塗鴉，旁邊還寫了些文字。在李國豪左腳腳邊有張紙，上面畫了一隻雞頭人身，穿著類似超人披風的怪物。旁邊註解寫道：「雞胸隊長，牠有一顆充滿正義感的心，面對任何妖魔鬼怪都不會退讓，牠的雞頭具有特殊能力，每當正義感集到一百點，雞冠就會發出紅光，對怪獸發射紅寶石光線。」

然後可以看到林崇光批示，「角色太醜」四個字。

在李國豪右腳腳邊有張紙，上面畫了一位綠色的壯漢，註解寫道：「綠色象徵環保，這位就是環保超人，他靠吃廢料增長自己的力量，然後對抗破壞環境的惡勢力。綠超人一隻手就能舉起汽車，一隻腳就能踢飛一架飛機，非常厲害。」

林崇光對於這個角色，表示意見：「根本就是綠巨人浩克結合天才小尖兵的劇情，沒有創意。」

在李國豪左手手邊有張紙，上面畫了一隻白色的機械恐龍盤踞在富士山山頂，角色圖畫旁邊幾行字形容道：「白色騎士是人類科技的結晶，操縱白色騎士的五位勇者們，他們無懼惡魔黨的出現，勇敢的與惡魔黨人對抗。白色騎士具備多項武

器，嘴巴可以噴發火焰，眼睛能夠發射雷射，另外還有用超合金打造的身體和尾巴，能夠抵擋各種攻擊。」

林崇光對這個角色，也寫了一段話：「比浩克還古老的創意，根本就是酷斯拉。」

在李國豪右手手邊有張紙，上面畫了一位他覺得帥氣的高中生，旁邊寫道：「潛藏在都市裡頭的忍者燕子老三，他白天是高中生，晚上是行俠仗義的忍者。只要壞忍者出現，他就會跟著出現，然後將壞忍者們打倒，除暴安良。另外燕子老三還會劫富濟貧，所以是窮人們眼中如廖添丁一樣充滿正義感的人物。」

對於這個角色，林崇光註解道：「不得違反善良風俗是比賽的重要標準，這個角色白天上課，晚上行俠仗義都沒有在唸書，我看這個角色無疑會帶壞小孩子，絕對不能用！」

除了這四張，其他角色無論哪一個都不是林崇光滿意而李國豪自己也覺得有機會贏得比賽的人物設定。

17.
三人合體

「怎麼辦，一點靈感都沒有？

李國豪坐在教室裡頭，上嘴唇和鼻子中間夾著鉛筆，正在努力思考劇本。

一個多月來都像是個乖孩子，努力讀書的李國豪，連著兩天上課又開始發呆、放空、看窗外，每堂課的老師見了都不禁搖搖頭。

導師張恤光見到李國豪像是故態復萌，有點失望，但他也不想再花力氣教訓他，畢竟說再多如果孩子真的沒有心學好，老師再盡力恐怕也只是對牛彈琴。

失望的人，不只老師，還有青梅竹馬的許邵珍。

一個學期都快結束了，李國豪的表現就像雲霄飛車，從期初成天畫漫畫，到了期中變成努力讀書的乖學生，然後過了期中整體表現像是要開始下滑，走入另外一個低潮。

中午用餐時間，許邵珍看李國豪不在座位，午餐也沒吃幾口就往外頭跑，擔心他會蹺課，於是趕快把飯吃完，出去尋找朋友的蹤跡。

李國豪的行蹤，許邵珍可以說是瞭若指掌。她知道李國豪有個祕密基地，當福利社、操場旁的盪鞦韆，以及可以吹冷氣的圖書館都看不到人的時候，李國豪只要不蹺課，那就只有一個地方可以去。

位於漳河國小行政大樓西側，屬於從民國初年創立迄今一直保留的古老區域。幾乎可以追溯至日據時代的一座木造平房，聽說很久很久以前是日本孩子上課的地方。

在這棟學校的古蹟後方，有以前施工工人堆放，直徑超過一公尺的巨大水泥管。

果不其然，李國豪就躲在水泥管中，他一個人趴在水泥管裡頭，拿著一枝筆轉啊轉的，對著面前那本空白的數學作業簿發愁。

「國豪，你果然在這裡。」許邵珍發現好友，對他說。

如果是以前，李國豪肯定大聲的跟許邵珍唱反調，但今天一反常態，李國豪沒什麼精神，連跟許邵珍吵嘴的興致都沒有。

許邵珍以為是因為阿嬤還沒好起來的緣故，安慰李國豪說：「阿嬤肯定會好起來的，你不用擔心。嗯……如果有什麼煩惱，可以跟我說，我願意傾聽。」

李國豪瞧了瞧許邵珍，說：「妳……」

許邵珍很少跟李國豪視線如此認真的交會，忍不住害羞起來，問說：「我……我怎樣？」

「妳今天好怪。」

「啥？哪裡怪？」

「特別溫柔，一點都不像妳。妳是不是生病了？」

許邵珍跺腳說：「你這個笨蛋，我不要理你了。」

「哎唷！幹嘛生氣，我又沒有惡意。」

許邵珍羞紅了臉，擺出不想理會李國豪的樣子。

李國豪從水管中探出頭，說：「別生氣，我還真有煩惱。」

「喔？」許邵珍聽李國豪的口氣不像在騙人，回頭問：「怎麼了？」

李國豪拿出作業簿，交給許邵珍，對她說：「妳可以從讀者的角度給我一點意見嗎？」

「我很少看漫畫，不知道我的意見能不能對你有幫助。國豪，你又開始畫漫畫，不讀書了嗎？」

「邵珍，你誤會我了。我最近是在煩惱漫畫的事情，但不是不想讀書。」李國豪發現許邵珍原來誤會自己又要變回以前那個拒絕讀書的樣子，把余軒亦表示天才小尖兵隨時會停刊，而他和表哥林崇光決定要參加這一屆漫畫新人獎，好為爭取阿嬤的權益爭一口氣，保護天才小尖兵的計畫。

「好熱血喔！」許邵珍聽了李國豪的想法，也被他們的熱情感染。

「妳也這麼覺得，對吧？可是我們現在苦於沒有好劇本，然後人物設定也搞不定，總之才剛開始，現在就卡卡的，沒辦法有所進展。」

「萬事起頭難啊！」許邵珍說：「好吧！讓我來瞧瞧。」

許邵珍翻開筆記本，從第一頁開始慢慢看著李國豪畫出來的各種幻想人物，以

及一些對於故事劇本的筆記。她看書的速度很快，但是李國豪的字實在不好認，許邵珍遇到一些地方看不懂李國豪的字，還得問他一下。

「這個字是『他』嗎？」

「哪是！這是『池』好不好。」

「那這個字是『國』嗎？」

「拜託，也差太多了，這是『誠』好嗎！」

許邵珍覺得李國豪的字，寫得跟用畫得差不多。

好不容易把筆記本看完，許邵珍從口袋拿出隨身的那枝小老師專用紅筆，在筆記本上畫了好多圈和紅線。

「這些圈圈叉叉的是什麼意思？」李國豪指著筆記本說。

「圈表示我覺得這個創意不錯，可以再多發展看看。叉的部份是說這裡邏輯不通，或者是你寫了錯別字。」

「原來如此，謝謝小老師兼班長的指正。」

「國豪，你真的很會幻想，我覺得好多地方都好棒！可是每個都很棒，組合在一起卻怪怪的。你看了這麼多漫畫，平常有在看些小說、故事書什麼的嗎？」

「倒是沒有，看漫畫都來不及了。」李國豪很誠實的說。

「真可惜，如果你能夠參考一些故事書和小說，我想劇本就不會那麼難寫了。」

「邵珍，妳也會看課外書啊？」

許邵珍白了李國豪一眼，她想李國豪跟自己認識那麼久，竟然連自己喜歡讀小說跟故事書的習慣都不知道，對李國豪的粗心微微表示不滿，回覆說：「當然會啊！一些經典的小說，像是《哈利波特》、《魔戒》我都有看，另外台灣本土作家的書我也看，像是簡媜的散文我就好喜歡喔！」

「哈哈！我只看過一、兩部哈利波特的電影，但是我喜歡魔戒，魔戒電影超酷的！弓箭手好帥！」

「我老實跟你說，讀小說跟看電影的感覺完全是兩回事。」

「所以讀書會比看電影更好嗎？」

「嗯！書本描寫得很仔細，而且能夠引起讀者的思考，比看電影完全任由導演說故事來得有趣。」

談到小說，許邵珍整個人變得興奮起來。李國豪看許邵珍說得口沫橫飛，突然靈機一動，對她說：「邵珍，妳還真會說故事，妳是不是有參加過說故事比賽。」

許邵珍聽了，差點沒有昏倒，有點不高興的說：「李國豪！你竟然不記得我拿過漳河國小說故事比賽低年級、中年級跟高年級三個冠軍，枉費我們同班將近六年，你……你真是個大笨蛋！」

李國豪的記憶，被許邵珍喚起，他自嘲著笑說：「哈哈！我想起來了。一年級的時候妳就好厲害，可是那天我好像沒有參加升旗典禮。三年級那次我好像因為遲到，所以來不及看到比賽。五年級……那時候我大概在隊伍裡頭偷偷在看漫畫，哈哈哈哈！」

「你還笑得出來，一年級那次你沒參加升旗典禮是因為你不想曬太陽，所以跟

老師裝病躲在教室。哼！那時候我一眼就看出來了，只是沒戳破你。」

「邵珍對我最好了。哈哈！不要生氣嘛！對了，我有件事想跟妳商量一下。」

「商量什麼？」

李國豪立正站好，對許邵珍非常尊敬的鞠躬說：「邵珍，可以請妳加入我和表哥的團隊，當我們的編劇嗎？」

「你說什麼！」許邵珍活那麼大，還第一次被李國豪拜託，另外她也沒料到好友會請她一起畫漫畫。她先震驚了一下，恢復平靜後，對李國豪說：「我不敢保證能幫上多少忙哦！」

「沒關係，我和表哥想了很多點子，但就是無法照妳所說的那樣串成一個完整的故事。妳就當作課外當小老師那樣，幫我們整理點子，改改不對的地方就好。」

「我幫你們，那我有什麼好處？」許邵珍並不是真的想要獎賞，她只是抓著這難得的機會，要讓李國豪學習拜託他人做事情應該要有的態度。

「我不敢保證。這樣吧！妳想要什麼，儘管說好了，只要我李國豪能做到，我

一定盡力滿足妳的願望。」

「真的嗎？」

「大丈夫一言既出，駟馬難追！」

「那我……」許邵珍在假裝向李國豪討賞的時候，就已經想好條件，她趁李國豪可能反悔前，趕緊說：「我要你答應我，六年級結束前，至少要有一次段考考進全班前十名。」

18. 阿嬤醒了

許邵珍開出的條件，李國豪想到阿嬤，想到天才小尖兵，他覺得再困難的條件，他都應該承受，因為通往成功的道路，本來就不會是輕鬆的。他在欣賞阿嬤的草稿時，赫然發現阿嬤經常修改她的畫稿。有時候明明是個很簡單的東西，阿嬤仍舊會花上好幾遍的功夫，直到把小缺點都改掉為止。透過阿嬤畫稿傳遞的精神，李國豪終於明白想要成為一位漫畫家所要付出的努力，遠遠超乎自己過去的想像。

「我知道了，那我們打勾勾，一言為定。」

「好！一言為定。」

從這一天起，許邵珍加入李國豪和林崇光的團隊，他們一個有畫技、一個有鬼點子、一個擅長說故事，三個臭皮匠組合在一起，散發出連諸葛亮都畏懼的光芒。他們真心想獲勝，並且真心的為了阿嬤而組合在一起工作，再加上他們彼此之間深厚的情誼，這些都是光靠金錢所不能買到的無價之寶。

正是透過這項無價之寶，三個人合作起來擺脫利害關係，能夠完全以作品的好壞為首要目標來努力。

李國豪、林崇光，從許邵珍答應成為三人組的一份子起，當天放學後就窩在阿嬤的工作室討論點子。為了趕上即將到來的截稿日，他們必須在三天內決定劇本，才有辦法在期限前完成稿件。

「這個點子怎麼樣？」李國豪指著一張草稿，對另外兩人說。

「不好不好，我覺得還要更多的修飾才行。」林崇光提議。

「修士？什麼修士？是要畫個天主教堂的意思嗎？」

「不是那個修士啦！是『修飾』。」

許邵珍見表兄弟兩個人雞同鴨講，她仔細看著這段時間他們累積的各種草稿和筆記，從裡頭挑了幾張，然後在地上清開一個空間，把它們放在地上，依照順序從右到左排好。

許邵珍的腦袋開始運轉，她將這一串紙張上的個別幻想，逐步組織成一個有連結性、邏輯性的故事。李國豪和林崇光看她沉思的樣子，都不敢打擾她。

經過半個小時左右的思索，許邵珍緩緩說：「你們的點子我都看過了，我覺得

這些可以連串成一個故事。你們的風格感覺偏向科幻，但是又帶有冒險的成份，雖然大多數的草稿都是在設計主角群的人物設定，但壞人的設定也很重要。沒有足夠份量的壞蛋，就沒有辦法襯托主角的強。另外既然我們要趕著參加比賽，便不應該想太複雜、龐大的故事，以免最後畫不完。我想……想一個能夠在六十到八十頁左右長度的故事，應該是最恰當的。」

「妳有想法了嗎？」李國豪問許邵珍。

許邵珍指著地上那一排紙，由右到左依序說：「在台北這個城市，有許多不為人知的英雄，這些英雄默默的保護著我們深愛的城市。其中有兩位尤其突出，那就是白天是好學生，到晚上就換上黑色裝扮的夜鷹俠，以及白天以計程車司機為掩護，晚上就會變身成超能力英雄的閃電戰士。他們之所以聚集在台北，乃是因為台北潛藏著許多危險份子，而主要的頭目就是掌管台灣許多工廠的老闆喬治先生。喬治先生透過不環保的工廠生產方式，謀取暴利，只要有錢賺，破壞環境也在所不惜。而為了讓那些有良知，不願意合作的人閉嘴，所以他養了一批打手。這些打手

經過科學改造，擁有超乎常人的戰鬥力。但是夜鷹俠和閃電戰士，他們熱愛台灣這塊寶島，所以跳出來不斷與喬治先生與他的黨羽們周旋。在一次行動中，兩位正義使者發現了喬治先生的一個陰謀。喬治先生為了生產能夠提煉輻射的金屬，從第三世界購買非法材料，眾人都以為喬治先生是為了錢，其實光是賺錢已經不能滿足喬治先生的野心。除了賺錢，他還想要獲取更大的權力……」

許邵珍將腦海中編織的劇情娓娓道來，林崇光和李國豪都聽傻了，他們沒想到許邵珍這麼厲害，竟然瞬間就將看過的人物和幾個分散的點子串連成非常精彩，有高潮，也有低潮又驚險萬分的科幻冒險故事。

聽完許邵珍陳述的故事，李國豪和林崇光都不由自主的向她投以崇拜的眼神，鼓掌叫好。

「太棒了，這故事好精彩啊！我最喜歡妳談到本來夜鷹俠和閃電戰士分別出擊，但在兩人分別吃了喬治先生的苦頭後，決定聯合起來對抗他的這部份。兩個不同的正義使者結盟，光聽就覺得很有氣勢。」李國豪說。

林崇光跟著說：「這個故事太巧妙了！結合台灣的人文風情，以及超現實的英雄冒險，又能和環保議題結合，符合我們想要對天才小尖兵致敬的意圖，不管怎麼看都是一個完美的故事。邵珍，有妳加入真是如虎添翼啊！」

許邵珍被兩人稱讚的有點不好意思，一直說：「哪裡哪裡，我只是把你們想到的點子再稍微修改一下罷了！」

接下來，許邵珍將主要劇情寫下來，然後和林崇光與李國豪一起把細節部份加上去。忙著忙著，連回家的時間都忘了。可是三個人都覺得很開心，因為比賽一下子有了順利的進展。

就當三人組在比賽方面終於順利展開製作參賽作品，遠在台北另外一端，林堅慈在病床上躺了近一個月後，終於睜開了她的雙眼。

19.
頒獎典禮

為了挽回阿嬤的重要作品，維護阿嬤的名聲，並且希望讓阿嬤瞭解孫兒們對她的愛。李國豪和林崇光決定參加漫畫新人獎，透過這個比賽讓世人知道余軒亦的騙局，並且讓阿嬤的漫畫精神永留存。然而，這對表兄弟對編寫劇情都不擅長，許邵珍被兩人感動，也加入他們一同構思的行列，發揮她最厲害的說故事功力。

漫畫新人獎截稿在即，李國豪、許邵珍和林崇光，三人打算合力發表一部作品，這部作品有他們的努力，以及他們獻給阿嬤最高的敬意。

確定劇本後，李國豪和林崇光開始他們人生第一本漫畫的作畫。

他們窩在阿嬤的工作室，每天至少工作六個小時。許邵珍每天放學後都會來陪著他們一起工作，雖然她不擅長畫畫，但至少可以幫忙當個做雜事的小助手。另外關於故事不清楚的部份，許邵珍總是能很快的把重點提示出來，釐清問題。

剛開始，作畫的速度並不快，因為三個人都沒有真正創作正統漫畫的經驗。可是在完成十五頁稿件後，三個人對漫畫的創作形式有了基本瞭解，再加上有一大堆阿嬤留下的草稿等等資料可參考，他們毋需完全瞎子摸象，創作速度逐漸加快。

尤其在李媽媽將阿嬤終於醒過來的好消息帶來後，更讓李國豪等人士氣大振，現在比賽不僅僅要獲勝，而且他們要讓阿嬤親眼見證後生小輩們不是只會享受家裡的資源，當這個家需要有人保護，他們也能跳出來盡一份心力。

也因此，林堅慈特別跟媳婦交代：「先不要把我醒過來這件事告訴《跳跳》的編輯，我想看看孫兒們能夠努力到什麼程度。我對他們有信心，相信他們能夠創造出比我更棒的作品。」

李媽媽將阿嬤的期許轉告給孩子們，孩子們相信阿嬤，更加拼命。

經過三人團隊合作，終於在截稿日前最後一天將稿件丟入郵筒。站在郵筒前，李國豪不敢相信他們真的完成了一部作品，對兩位夥伴說：「我們真的辦到了。」

「接下來，就要聽天由命了！」林崇光說。

「我們一定可以的。」許邵珍為自己跟夥伴們加油打氣。

「對！我們要有信心。」

經過兩個月的評審，《跳跳》在最新一期的週刊上公佈了兩個重大的消息。其一是這一屆的漫畫新人獎公佈入圍決選的十部作品，而最後能獲得前三名的優勝者，將在十天後的頒獎典禮公佈。其二就是天才小尖兵在讀者投票屢屢居於落後位置幾週後，終於宣告被腰斬。

「阿嬤的作品被腰斬了……」閱讀到這一頁，李國豪恨恨的說。

「哪裡算數，應該說是山寨版的天才小尖兵被腰斬才對。真正的阿嬤作品根本沒有被大家看到！」林崇光對表弟說。

「嗯！你說得對。」

許邵珍對兩位男生說：「我們應該先往好處想，你看！我們的《都市遊俠》入圍了決選呢！這表示我們很有機會可以得獎，一旦我們得獎，到時就能替天才小尖兵出一口氣。」

比起自己的作品入圍，李國豪和林崇光更關心阿嬤的作品，但現在他們有了替阿嬤出氣的機會，雖然天才小尖兵被腰斬很令人生氣，但至少還保有一線生機。

接下來這十天，李國豪第一次感受到時間有多漫長。他每天都睡不好，因為擔

心最後結果而緊張。這是他第一次全力以赴的做一件事，透過這次經驗，他終於知道真正努力過後是什麼樣的感覺。這種緊張不同於做錯事的緊張，這種緊張帶著希望能夠有所成就的興奮感。

「想贏，我想贏！」林崇光和許邵珍，這十天在他們的腦海中，也不斷充斥著這個念頭。終於，頒獎典禮即將來臨。會場外，李國豪、林崇光與許邵珍，他們都換上比較正式的服裝。

「你穿襯衫耶！」林崇光看到表弟穿著襯衫，對他說。

「你穿西裝比較稀奇。」李國豪回答說。

「我是大人，穿西裝應該的。」

許邵珍這天穿了一襲優雅的鵝黃色洋裝，配著兩位一大一小的男生，好像一位公主身旁跟著兩位保鑣。

「我們進去吧！」

「不知道會怎麼樣？」

「我們已經盡力了，接下來就交給老天囉！」

三個人深呼吸一口氣，走進頒獎典禮會場。會場內少說來了五、六百人，《跳跳》旗下的本土簽約畫家幾乎來齊了，且日本方面也有兩位小有名氣的畫家受到邀請。參與盛會的人當中有六成都是來看畫家的漫畫迷，剩下的才是參賽者，以及關心比賽的人。李國豪等人，在典禮正式開始前，在會場內碰見余軒亦。

余軒亦看到三人，沒有露出驚訝的表情，好像早就知道他們會來。

「恭喜你們三位，第一次參加比賽就入圍決選，未來前途一片大好。」

「你少假惺惺，天才小尖兵被腰斬了，我們一定要討回一口氣。」

「哼！你們以為光靠三個孩子就能辦到嗎？」余軒亦把李國豪等人都瞧扁似的說。

「各位來賓，本屆漫畫新人獎的頒獎典禮即將開始……」

李國豪本來想回嘴，這時司儀透過麥克風請現場與會人士就座，適時給了雙方冷靜的機會。

20. 阿嬤跟別人不一樣

李國豪坐在位子上，他覺得頒獎典禮簡直就像升旗，而致詞的幾位跳跳高層，他們就像漳河國小校長一樣多話。他聽著長官們致詞，在底下忍不住打了好幾個哈欠。

好不容易盼到來賓致詞完，終於進入最後宣佈得獎者的階段。

會場的大螢幕放出這屆比賽的花絮，以及入圍作品的簡單介紹，然後司儀請不同的貴賓陸續上台頒獎。

首先公布第三名，司儀說：「現在我們要公布的獎項是本次漫畫新人獎第三名，我們恭請《跳跳》週刊的大家長來為我們公布結果及頒獎。」

跳跳的老闆走上台，工作人員交給他一只信封，他打開信封，對著台上麥克風說：「第三名是……」

台下，每位參賽者的心臟都快跳出來，期待他趕快說出結果，又擔心會聽到落選的壞消息。既期待，又怕受傷害。

「第三名是張波樂的作品，《戰神》。」

得獎者聽到自己的名字，馬上尖叫，而她身邊的人也趕緊送上祝福。

「怎麼辦，我們沒得獎……」

許邵珍非常緊張，幾乎快要哭出來。

李國豪安撫她說：「別擔心，第三有什麼好，我們要得是第一。」

緊接著輪到公布第二名得獎者，司儀說：「現在我們將公布本屆賽事第二名的優勝者，我們恭請第一屆漫畫新人獎的首獎得主，也是當紅的台灣漫畫家冰河綠小姐為我們公布結果及頒獎。」

冰河綠走上台，她拿著信封，先不急著拆開，而是藉此機會說了一段勉勵參賽者的話。

但大多數參賽者因為緊張，根本聽不進去。

她當然瞭解大家的心情，於是很快的在致詞後，立刻拆開信封，朗聲說：「第二名是……藍藍的作品，《瞧瞧》。」

第三名是熱血漫畫，第二名是愛情為主軸的作品，大家都在猜想第一名有可能

會是什麼樣的作品。

李國豪剛剛還口口聲聲安撫許邵珍，一副天不怕、地不怕的樣子，現在僅存一個機會，他咬著手指，根本不敢聽接下來的結果。

司儀說：「最緊張的時刻即將來到，今年漫畫新人獎的首獎得主，也是能夠獲得三十萬元獎金，以及有機會於《跳跳》連載的優勝者即將出爐。現在我們恭請特別來賓，來自日本，曾畫出《重裝愛神》、《蘇格拉底偵探事件簿》等暢銷作品，出道以來銷量累積突破一千萬本的畫家，高橋浩容先生為我們公布結果並頒獎。」

原來《跳跳》除了頒獎典禮前所見到的兩位日本畫家，還特別邀請了一位目前相當有名氣的漫畫家蒞臨，這件事事前保密到家，在場的人看到高橋浩容出現，都很驚訝。

高橋浩容上台後，透過身邊的翻譯，對眾人說：「很高興可以來台灣參加《跳跳》漫畫新人獎的頒獎典禮，我自己也是曾經得過日本的漫畫比賽獎項，因而出道。雖然剛開始比較辛苦，但漸漸的有了名氣後，終於可以畫自己想畫的東西。所

以我希望每一位有志於漫畫的年輕人，都能夠不斷努力，追求自己的理想。因為在成功的那一刻，你會覺得過往的辛苦都值得了。最近我也創立了自己的漫畫週刊公司，希望可以為漫畫界以及讀者帶來更多優秀的作品。」

語畢，高橋浩容拆開信封，但他不知道怎麼用中文唸首獎得主的名字，便拜託翻譯幫他宣佈。翻譯拿著麥克風，說：「第一名是……」

「會是誰？」

李國豪、許邵珍和林崇光的一顆心懸在天上，他們知道自己就剩下一次機會。

然而，比賽結果出人意料，出現了一位意想不到的冠軍，引起現場一陣騷動……

「第一名是……從缺！」

翻譯說出「從缺」兩個字，等於宣佈今年沒有第一名得主。

「怎麼會這樣？我們輸了！」

聽到消息，李國豪等人都癱在位子上，他們覺得全身無力，辛苦努力的結果最

終彷彿並沒有受到肯定。

會場騷動，司儀努力安撫眾人的情緒。

在結果宣佈之後，人潮漸漸開始散去，李國豪等人步出會場，他們都很失望，覺得自己真是太遜了。

會場外，本來說不會前來，要在醫院休養的林堅慈，在媳婦的攙扶下於會場外頭迎接三位孩子。

見到阿嬤，李國豪衝過去抱住阿嬤，說：「阿嬤，對不起，我們輸了。」

「呵！乖孫子，阿嬤看過你們畫的作品了，畫得很棒，阿嬤看了很喜歡，也對你們如此努力感到欣慰。」

「可是，輸了就是輸了。而且現在，連阿嬤的天才小尖兵也被停刊，嗚嗚……」李國豪說著說著，埋頭在阿嬤懷裡哭泣。

「事情還不見得沒有轉機哦！」林堅慈笑說。

李國豪等人本來以為阿嬤在安慰他們，可是當他們順著阿嬤的視線回頭看，就看到高橋浩容和翻譯走向他們所在的位置。

林堅慈看到高橋浩容，兩個人好像早已熟識，用日語嘰哩咕嚕的交談起來。

林堅慈對孩子們說：「其實這一次天才小尖兵被停刊也是一件好事，高橋先生最近創立了自己的漫畫週刊，他希望我的天才小尖兵可以在他們的週刊上連載。本來我和《跳跳》有合約，在停刊之後合約也終止了。所以我現在是自由身，要跟誰合作都可以。」

「原來如此，所以我們還是可以繼續看到阿嬤畫的天才小尖兵囉！萬歲！萬歲！」李國豪和林崇光聽到這個好消息，高興的歡呼。

一個月後，天才小尖兵果然在於日本新出刊的《漫畫列車》雜誌上展開新的連載，頭一回的反應就非常熱烈，很快的就在日本站穩腳步，成為每週排名前五的「A段班」常客。

《跳跳》週刊上下見到這個結果，後悔也來不及，只能接受因為缺乏遠見，短視近利，因而錯失一部足以進軍日本市場的優秀作品。

林崇光順利的完成漫畫，然後將這段時間畫漫畫的經驗用他的畢業製作上，過著沒日沒夜，拚命做動畫，卻也樂此不疲的生活。

至於許邵珍跟李國豪，他們還是好朋友，而許邵珍幾乎每天都會提醒李國豪約定的事。

「國豪，你不是答應我要好好讀書，至少考一次前十名的嗎？」回家路上，許邵珍追著李國豪問道。

李國豪手上抓著漫畫，邊跑邊朝後頭說：「等我看完這本漫畫，我就乖乖去看書！」

李家又恢復如往日般和樂，阿嬤還是每天會在放學後為孫兒準備點心。唯一改

變的是，李國豪知道他有位與眾不同的阿嬤。

一位會畫漫畫，走在時代尖端的「超級阿嬤」。

培育文化

勵志學堂系列 30

我的超級阿嬤

作者　張文慧

責任編輯　禹金華

美術編輯　蕭佩玲

封面設計　蕭佩玲

出版者　培育文化事業有限公司

信箱　yungjiuh@ms.45.hinet.net

地址　新北市汐止區大同路三段一九四號九樓之一

電話　（02）8647-3663

傳真　（02）8674-3660

劃撥帳號　18669219

CVS代理　美璟文化有限公司

TEL／(02)27239968

FAX／(02)27239668

總經銷：永續圖書有限公司

永續圖書線上購物網

www.foreverbooks.com.tw

法律顧問　方圓法律事務所　涂成樞律師

出版日期　2012年9月

國家圖書館出版品預行編目資料

我的超級阿嬤 / 張文慧著. -- 初版.
-- 新北市 : 培育文化, 民101.09
面 ; 公分. -- (勵志學堂 ; 30)
ISBN 978-986-6439-85-8(平裝)
859.6　　101013379

※為保障您的權益，每一項資料請務必確實填寫，謝謝！

姓名		性別	□男　□女
生日	年　月　日	年齡	
住宅地址	郵遞區號□□□		
行動電話		E-mail	

學歷

□國小　□國中　□高中、高職　□專科、大學以上　□其他______

職業

□學生　□軍　□公　□教　□工　□商　□金融業

□資訊業　□服務業　□傳播業　□出版業　□自由業　□其他______

謝謝您購買本書，也請您與我們一起分享讀完本書後的心得。

務必留下您的基本資料及電子信箱，使用我們準備的免郵回函寄回，我們每月將抽出一百名回函讀者，寄出精美禮物以及享有生日當月購書優惠！想知道更多更即時的消息，歡迎加入"永續圖書粉絲團"

您也可以使用以下傳真電話或是掃描圖檔寄回本公司電子信箱，謝謝！

傳真電話：（02）8647-3660　　電子信箱：yungjiuh@ms45.hinet.net

●請針對下列各項目為本書打分數，由高至低5～1分。

	5 4 3 2 1		5 4 3 2 1
1.內容題材	□□□□□	2.編排設計	□□□□□
3.封面設計	□□□□□	4.文字品質	□□□□□
5.圖片品質	□□□□□	6.裝訂印刷	□□□□□

●您購買此書的地點及店名______

●您為何會購買本書？

□被文案吸引　□喜歡封面設計　□親友推薦　□喜歡作者

□網站介紹　□其他______

●您認為什麼因素會影響您購買書籍的慾望？

□價格，並且合理定價是______　□內容文字有足夠吸引力

□作者的知名度　□是否為暢銷書籍　□封面設計、插、漫畫

●請寫下您對編輯部的期望及意見：

★請沿此線剪下傳真、掃描或寄回，謝謝您的寶貴的意見！

221-03

新北市汐止區大同路三段194號9樓之1

FAX：（02）8647-3660
E-mail：yungjiuh@ms45.hinet.net

廣　告　回　信
基隆郵局登記證
基隆廣字第200132號

培育
文化事業有限公司

讀者專用回函

我的超級阿嬤

培 養 文 化 育 智 心 靈 的 好 選 擇